# 海辺の生と死

島尾ミホ

中央公論新社

カット　島尾伸三

# 目次

III

# 海辺の生と死

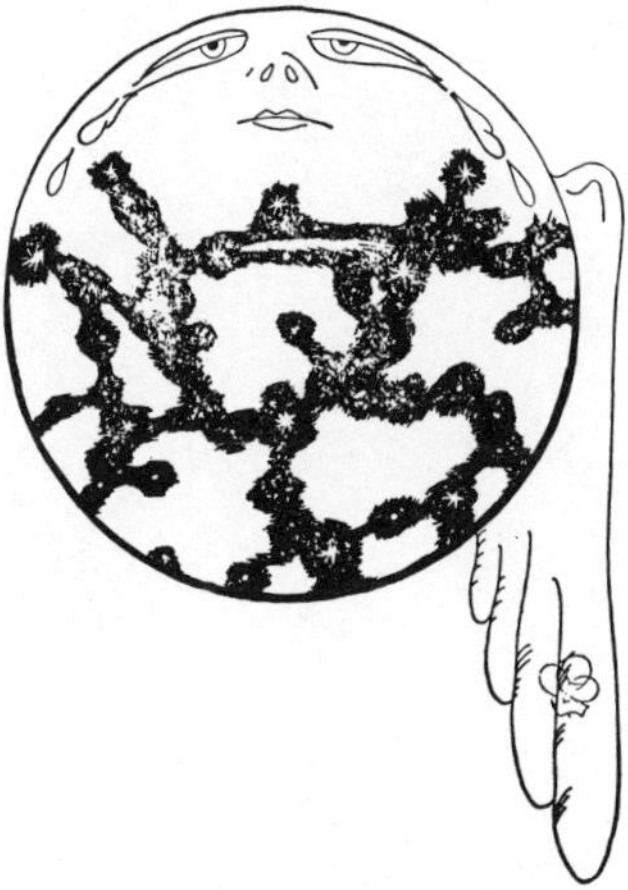

# 序文

島尾敏雄

妻はこれまで私にその幼時の思い出をかたってきかせることを断念しようとはしなかったが、これから先も変わることはあるまい。そのかその内容は従っておなじことをくりかえすことにもなるが、そのかたり口の中に、対象をどこまでも見つめて厭くことのないひたむきな目なざしが感じられて、私は思いあたることがすくなくなかった。

なかでも父母をかたるときのその思慕のたかぶりに、はじめのころの私は戸惑ってばかり居た。今とてもなおその親子のかかわり方に充分には理解が届いていないかもしれない。ほんとうのところ私はそのような親子を今までに見聞きしたことはないのだから。妻は父からも母からも叱られた記憶がただの一度もないと言っている。私は妻の父をその晩年のほんの短いあいだだけ垣間見たが、その乏しい体験から言うと、妻のこのことばはうべなうことが出来そうに思いながらも、やはり結局のところ私にはふしぎなとしか言いようのない世界がそこには横たわっている。

そして彼らを取りまいていた村の人々のそれぞれのきわ立った個性の現前に私は圧倒されてしまったと言っていい。電灯も水道もガスも無かった南の離れ島の小寒村だからこそそんな生活が有り得たのだったろうか。私はひそかにそれらの挿話をもとにして小説を組み立てることを企てもしたけれど、遂に成就させることは出来ないで来た。

鹿児島市の渡辺外喜三郎、美恵子夫妻が編集発行している「カンナ」から原稿のすすめが妻にもたらされたときに、私は右の幼時の思い出を記憶のままに書き綴って置くことを慫慂したのだった。ちょうどそのころ妻は長い患いのあとの気の弱りの中で大好きな畑仕事も出来ないで居たから、「カンナ」へのつづけての投稿は恢復への促しの刺戟となり、そうして幾編かの原稿が出来上がったのだった。

創樹社の竹内、玉井の両氏から出版のはなしが起こされたとき、私は昨年同社から出してもらった「東北と奄美の昔ばなし」のことを考えていた。それは長男の伸三の挿画と共に妻の方言吹き込みのソノシートを加えることによって家族共同作業の書物となっていたから、今度もその踏襲となるかもしれないというようなことを。つまり私には躊躇の気分がたゆたっていたのだが、妻の大きな喜びのまえでは、それはたちまちにして飛び散ってしまったと言わなければなるまい。何よりも妻はこの書物が父母への思いと子らへのきもちをかたちにして現わすことができると思い定めているのだ。それに今度も長男が挿画を描いて手伝ってくれた。

今私は自分の書物が出来上がるよりもはれがましい喜びの中に居るが、それにつけてもこの書物の誕生に力を添えてくれた方々に深く感謝せずにはおられない。

# I

# 真　珠

——父のために

父は子供の頃ひとつの夢を持っていました。それはアメリカのロックフェラーやカーネーギーのようなお金持になって、日本国中に養老院と孤児院をこしらえたいということでした。

その夢を果たしたいと、十二歳の時から二十五歳になるまで鹿児島や京都の学校で学問や外国語の勉強をしたあと、生涯にわたっていろいろな事業を試みました。

父の若い頃までは近くの海に鯨などがやってきましたし魚もたくさんおりましたので、ノールウェー人の砲手を雇って捕鯨会社をこしらえたり、漁業会社を起こしたり、シベリヤ鉄道に枕木を輸出することを考えてロシア人やシナ人を連れてきたり、樟脳

工場を建てたり、真珠の養殖を始めたりしました。

　さまざまに試みた事業は当初のうちこそ順調に進みますものの、会計の方が全く無頓着で人まかせでしたから、いつのまにかみんな末すぼまりになって、結局あとまで残ったのは、真珠の養殖だけでした。

　父は奄美大島の海にいる大きなマベ貝を使って黒真珠をつくりたいと考え、三重県や長崎県へ行って研究を進めるかたわら、赤道を越えた南洋の島々にまで出向いて、大きな黒蝶貝や白蝶貝のこともしらべてきました。そして三重県から二人の真珠養殖技師を雇いなどして、長年にわたって研究を続けた結果、直径一センチほどの大きな半円の黒真珠をほぼ自分の思う域に近づけることができましたが、真円の方はどうしてもうまくいきませんでした。

　ある時は養殖場への人々の出入りがとても多くて賑やかに活気づくかと思うと、また世話人のケサキチおじがたった一人で養殖場の建物に寝泊りするだけのこともあったり、いろいろ紆余曲折を経ながらも父の真円真珠への執念は続いておりました。

　長い年月の間には多くの人々が出入りしてさまざまな出来事もありましたが、なかでも忘れられないのは漁師のナベ親方のことでしょう。

深い海の底から真珠用のマベ貝を採ってくるのは、沖縄の久高島からきている漁師たちでしたが、その親方のナベから父は並の貝は一個二円で、それより大きめのものは二円五拾銭で買い取っていました。その頃は魚が一斤で四銭から五銭位でしたからそのマベ貝の値段はたいそう高いものにつきましたが、金銭のことに無頓着な父が最初にあっさり決めてしまったので、ずっとそのままになっていました。

二人の間にはいつも愉快なやりとりが続いていました。ナベ親方から買いとったマベ貝に核入れ手術を施そうと口を開けてみますと、つい最近手術したばかりのものであることがわかったりして、父は「またナベにしてやられた」と言って声をあげて笑っていました。つまりナベ親方は父の養殖場の真珠貝を失敬してきて、父に二度売りをしたのでした。いいえ二度どころか三度も四度も父とナベ親方の間を往復している真珠貝もあったかもしれません。なぜならナベ親方から買いとった貝の中には手術したてのものや半年貝や、もう真珠を採り出すばかりの二年貝など、その時々で貝の中の珠が違うのがまざりこんでいたのですから。

母も「ナベのところで魚の不漁が続くと、とばっちりはこっちへ廻ってきますね」と父と顔を見合わせて笑っていました。私は子供心に「ナベ親方は狡い人」と言いますと父は「心のせまいことを言ってはなりません」と私の胸を撫でてくれていました。父や母はどんな不都合に出合っても、いつもにこにこ笑っていました。

ある日駐在所の巡査が、サーベルをがちゃつかせながら急ぎ足で父のところへ来て、

「明日、古仁屋の警察署に出頭して下さい」

と伝えて帰りました。

父は翌朝サイおじとマンタおじに板付舟を漕がせて、本署のある向い島へ出かけて行きましたが、夕方には何事も無かったように帰って来ました。

それから二、三日経った日の夕方、ナベ親方が私の家に来て、縁側の下駄脱ぎ石の処に膝をつき、うつ向いて涙をこぼしていました。縁に立った父は、

「いいから、いいから」

と言って部屋の中に入ってしまいました。

私はなんのことかわからず、手拭でしきりに涙を拭いているナベ親方をみていました。ナベ親方の右腕は手首のあたりから切れて先の方が細く尖り、皮膚は赤黒く無気味な色に光っていました。するとずっと以前のことですが、ナベ親方の手下のカマド

が、親方の折檻に堪えかねて逃げ出し、私の家に救いを求めてかくまわれていた時、巡査を頼んで取り戻しに来た親方が、その赤黒い棒の手をつき出すようにして父と談判をして、カマドの身代金と言ってお金を受取っていた光景が思い出されました。

ひとしきり泣き尽くすとナベ親方は立ち上り、母のいる廚の方へ歩いて行きました。母は御馳走などこしらえてナベ親方をもてなし、お酒などもすすめました。

ナベ親方が来ると、きまって馬屋の方へかくれてしまうカマドも、今日はにこにこしながら母のうしろのあたりに坐って、ナベ親方に話しかけたりしていました。ナベ親方は母に向って何遍も頭をさげていました。向い島の古仁屋の町に蘇鉄葉を買い集めにきていた大阪の商人に、父の養殖場から盗んだたくさんの、もうほとんど真珠ができ上っていた貝を売払っていたのが警察に掴まり、牢入りを覚悟していたところ、警察に出頭した父のはからいで逆にもらいさげられ、無罪にして貰ったということだったのです。

「今までは悪さの限りを重ねてきましたが、今日限り生れ変わります。シュー（旦那さま）のおなさけの深さを今更に思い知りました」

と言っては涙をこぼしていました。

「鬼ナベ」と言って恐れられていたナベ親方のその日からの変わりようは、手下の者たちはもちろんのこと、まわりの人々でさえ驚くほどだったということです。そして養殖場の真珠貝を失敬するようなことは決してしないばかりか、深い海の底で採れる珍しい珊瑚やさまざまな貝、大人二人が棒で担ぐほどの大烏賊や大魚などを折にふれては母のところへ持ってくることを、いくらことわってもやめようとしませんでした。

# アセと幼児たち——母のために

## 声援

「アセーマンギンナヨー、マンギンナヨー、アセー（アセーころばないでねー、ころばないでねー、アセー）」（村の人は私の母のことをアセ〈おくさま〉と呼んでいました）

澄んだ幼い声がうしろの方から聞こえてきました。椎の丸太棒を二本渡しただけの丸木橋を渡っていたアセは、足もとに気をつけながらすこしからだをうしろにまわして振りかえってみますと、よく太ったからだに赤い花模様の新モスの着物を裾短かに着た四つになるヒロコ坊が、大きなくろい目とまっ白な歯をのぞかせたかわいらしい口もとで、にこにこ笑いかけて立っていました。アセもほほえんでやさしくうなずき

ました。

雨あがりの川は岸にむらがり生えていた芹なども洗い流して、川床の小石をあざやかにあらわし、赤茶や濃い緑あるいは黒っぽい色をしたさまざまのそれらの小石にせかれておさえられた流れが、絶えまなく爽やかな音をたてていました。また川の真中に居坐った大きな石が流れを左右に分けるので飛び散った水が銀色に光り、小さな滝になって渦巻き流れていました。ちょうどそのあたりに架けられた丸木橋は、片側が年月の重みでずれて川面に垂れさがり渡りにくくなっていました。そのうえアセは年のせいか左足の膝が腫れて痛みどうしても右足に力がかかるので、体が左右に揺れ、その度に丸木橋も揺れました。

「アセーマンギンナヨー、マンギンナヨー、アセー」

ヒロコ坊の声が力をこめてうしろから聞こえています。

アセはからだの均衡をととのえてから、ふりかえってにっこりうなずきました。ヒロコ坊の方はこんどはにこりともしないで、両の膝をすこし曲げふたつならんだまるいひざ小僧の上に、はちきれそうな短い両腕をついて腰をおとし、肉づきのいい頬を真赤にした顔をしっかり前に向け、真剣なまなざしでアセをみつめていました。

つとアセの眼頭に涙がにじみ、目の前がかすんで足もとを少しぐらつかせました。

「アセーマンギンナヨー、マンギンナヨー、アセー」

ヒロコ坊の声にはいっそうの力がこもり、彼女の真心そのもののように聞こえました。ヒロコ坊があんなに案ずるほど、私の歩き方は危げなのかしらと思いながらアセが重ねてふりむいた時、ヒロコ坊は川岸の生い繁るハッカ草と野苺のくさむらにはいりこんでいて、アセの方が「あぶないっ」と声をあげたくなるほどに身をのり出していました。

「アセー、クマムケナヨー、ハギンシャミチ　アッキョー、アセー（アセー、こっちむいちゃだめよー、足もとをみてあるいてねー、アセー）」

アセは涙ぐみながらゆっくり丸木橋を渡り終えました。

「ハゲー、イッチャタヤー、アセー（ああー、よかったねー、アセー）」

ヒロコ坊はふかいためいきとしんからの安堵の思いを言葉に出して言い、ハッカ草と野苺の茂みを両手でかきわけながら道の方へひきかえしました。

「アリギャテアタド、ヒロコボー（ありがとう、ヒロコ坊）」

アセは感謝の気持をいっぱいこめて丸木橋のあちら側で手を振りました。ヒロコ坊もこちら側でうれしそうに笑いながら手を振りました。

アセが無事に丸木橋を渡り終えたのを見届けたヒロコ坊は、夕陽を背中にうけ、自分の長い影法師を踏みながら我家の方へ帰っていきました。

こんどはアセの方で遠ざかって行く彼女のうしろ姿を見送って立っていますと、折からの夕陽がヒロコ坊の着物の赤い花模様をひときわあかるく照らし、彼女の小さなからだじゅうに光が満ち溢れているように見えました。

さっきヒロコ坊がさわったのでハッカ草が香気を放ち始めたのでしょう。南の島の強い太陽の光と冴えた月夜の夜露とを充分に吸った香りが、待ちかねていたかのようにその甘くさわやかな高い薄荷香をあたり一面に広げてきて、薄地の芭蕉布の着物を着たアセのからだをその香気でつつみこんでいきました。

## 挨拶

「ア、、、チェー(アセー)ウ、、、ヤヤ(ウラヤ)ジマムェフンナ、ア、、、チェー(ア、、、チェー、、、おまえちゃん地豆掘りかい、アチェー）」

幼い舌足らずの大人ぶった挨拶の言葉を受けて、アセが地豆（南京豆）掘りの手をとめて顔をあげると、畠の横の野道に、粗末ながらこざっぱりとした紺絣の着物を着たまんまるい無邪気な顔つきの小さな男の子が立っていて、真面目な表情でお辞儀をしましたので、アセも急いで立ちあがって挨拶をかえしました。

「オー、ワンナジマムェフッドー、トクボッグヮ、ウラヤダーハチ（ええ、わたしは地豆掘りよ、トク坊や、あんたはどこへ行くの）」

「ワンナヤマハチ　クィヒレギャー（ぼく山へ薪取りに）」

「イェー、クィヒレギャー、イキャナンデティナーサー（そう、薪取りに、それは感心ね）」

「アンマガ　ヤマハチイジュンムンナティ、ワンダカカチェシイガドオ（母ちゃんが山へ行ってるから、ぼくもてちゅだいにいくの）」

「クィヒレヤ、ダーヌヤマハチイキュル（薪取りって、どこの山へいくの）」

「ヤマヌナーヤ　ワシレタ（山の名まえはわちゅれちゃった）」

「イェー、キバティ　アンマカセシーコヨー（そう、きばって母ちゃんのお手伝いしておいでよ）」

「ヤマハチナレバ、イショガロイー（山へ行くんだから、いそぐよね）」

「オー、キィティキィティイジコヨー（ええ、気をつけて行っておいで）」

「アチェー、ウヤヤ、キバレヨー、ワンナヤマイジッコイー（アチェー、おまえちゃん、精を出しなさいよ、ぼく山へ行ってくるよ）」

小さな男の子はくるりと向きを変えたかと思うと、背中をまるめ両肘を交互に強く振りながら、細いはだしの足で、一所懸命に海沿いの野道を駆けて行き、岬を廻ってやがて見えなくなりました。

そのうしろ姿を見送っていたアセは、いとおしさとおかしさでこらえきれず、ついひとりで声をあげて笑ってしまいました。

「アチェー　ウヤヤ　ジマムェフンナ、アチェー」

その背伸びをした片言の挨拶を口に出してみますと、アセの胸にあたたかいものが浸みわたっていきました。

「ヤマハチ　クィヒレギャー」いちにんまえのようにこう言った時の小さな男の子の得意気な姿を思い出すと、笑いがこみあげてこないわけにはいきませんでした。おまけに「ヤマヌナーヤ　ワシレタ」と言い、ちょっと困ったように首をかしげて仔細振ったその様子のおかしかったこと。

海沿いに続く畠には、凪いだ海の方から、やわらかい風が絶えまなく吹いていました。時おり山鳩の鳴く声が「ププップープー、ププップープー」ときこえてきました。その静かな時の流れの中でアセは小さな男の子のようすをまざまざと思い浮かべては「ヤマヌナーヤ　ワシレタ」とひとりごとを言っては笑い、地豆を掘りつづけていました。やがてテル籠一杯になったので帰り仕度を始めたアセの耳に、

「アチェー、ヤマヌナーヤ　ティファザキヌヤマ　アタドー（アチェー、山の名まえはティファザキの山だったよー）」

と言う声が海風に乗って遠くの方から聞こえたような気がしました。空耳かと思いながら岬の方へ眼を向けると、あの小さな男の子が青い海を背にして、両の掌を口のそばにあて、からだをうしろにそらせ気味にして叫んでいる姿が見えました。アセがそれに答えて被っていた手拭を取って振ると、男の子も手をあげて合図をかえし、再びもときた方へ駆け戻って行ってしまいました。

アセは深い感動に打たれ、長い間じっと、小さな男の子が廻って行った岬の岩の群

れの方を見ていました。

アセに尋ねられた時、山の名を忘れてしまっていた小さな男の子は、なんとかして思い出そうと、一所懸命考えながら駆けていたのでしょう。何遍か首をかしげたり、立ち止ったりしながら野道を走り、浜辺の岩場を渡り、山の裾に辿り着いたとたんに、「そうだ、ティファザキの山だったのだ」と思い起こし、アセの見えるところまで駆け戻ってきたのでしょう。

「アチェー、ヤマヌナーヤ　ティファザキヌヤマ　アタドー」

そう告げると、小さな男の子は安心して薪取りの手伝いにと、ふたたび今来た道を戻って行ったのでした。

アセはこれらの日のことをいつまでも忘れずにいて、繰返しみんなに話してきかせました。ヒロコ坊も小さな男の子のトク坊やも、戦争のあとさきに沖縄で死んでしまい、今はもうその成人した姿をこの地上に見ることはできませんけれど。

# 茜雲

日ごろ、今のくらしのなかに心をむけています時、私はそこにせいいっぱいの気持をよせていますが、ふと、やすらぎのうちに心の紐を弛めますと、すぐに私の心はちちははといっしょに暮していたそれも幼い頃の思い出のなかにつつまれてしまいます。心の奥ではちちははの声が絶えず私に語りかけていまして、私をずうっと遠い日に連れ戻していくのです。空を見上げれば蒼穹の果てには、ちちははのほほえみがいつでもありますし、雲の流れにも遠い日々にみたその姿が今に重なりあい、時はひとつにとけあってしまうのです。

幼い私が、家の前を流れる小川に架かった土橋に立って、帰りのおそい母を待ち佗

びながら眺めた、そのときどきの夕焼雲のたたずまいが、胸のふるえるような懐しさで今も思われてなりません。

春になると小川の土手のきん竹はやわらかい緑色の葉をそよ風になびかせ、その細い枝には時おり青と赤の濃い羽根をした小鳥が止まって枝をしなわせているのを見かけたものでした。

この小鳥は何処に住んでいるのか知りませんが、小川の上でだけしか見かけませんでした。大人たちはこの羽根の光る不思議な感じの小鳥を神のお使いだと言って崇め恐れましたが、男の子たちは平気で小石を投げておどしたりするので、私は胸がどきどきしていました。

小川の上を飛びながら、つーいと水にもぐる様子はちょうど漁師が海の中へ飛び込む姿を思わせ、若竹の先に止まってゆすっている姿は、布織りの機の筬《おさ》がゆれているように見えましたので、私はいつも歌いかけていました。

カミドリ《神鳥》　カミドリ《神鳥》

インガ《男》　ナリバ《なれば》　スミイッチ《水にもぐって》　ミシリ《みせろ》
ウナグ《女》　ナリバ《なれば》　ヌノウティ《布織って》　ミシリ《みせろ》

土橋の下では木灰で茶碗を磨いて笊に伏せたあと土手に干し終ったチョおばが鍋の底の煤を軽石でこすっていました。その横ではウハルあねが裾をからげて小川の中に立ち、桃色の腰巻から白いはぎを見せながら、畠から抜いてきたばかりの大根や人参、赤蕪などの目もさめるような鮮やかな肌に庖丁をたてて皮を剝いでいました。夕焼雲がウハルあねの豊頰を赤く照らしていました。

候鳥の群れが、北から南へ流れる薄墨色の雲の彼方に、吸いこまれるように姿を消して行く、あのもの悲しい秋のたそがれどき、藍の香が未だふくふく匂う母の手織の紺絣の着物を着、母の手染めの赤い帯を締めた私は、土橋の上でうすら寒い北風に吹かれながら、三つ身の元禄袖から出した両手をたかく振り、

タハ《渡り鳥のさしばのこと》　タハ

コチ　カチ《山の名前へ》　マワランバ《廻らねば》
インヌ《犬が》　キュッド《来るぞ》
ジャヌ《蛇が》　キュッド《来るぞ》

と声をはりあげて、渡り鳥が行手を間違えないように南の方角を夢中になって教えてあげました。それでもときどきは群れからはぐれた一羽がぴーいぴーいぴーいと啼き声を村の上空にひびかせながら、暗くなっていく雲の下をいつまでもさまよっていることもありました。そして毎日つぎつぎと南の方へ飛んでいく群れに仲間入りしようともせず、くる日もくる日も一羽だけで空に弧を画き悲しげな声で啼いていましたので、子供心にも私は、きっと気が変になってしまったのにちがいないと、哀れに思えてなりませんでした。

冬のある夕方のことでした。

空も山もいちめんの茜色につつまれ、峠に立った小さな私のからだもその中に染まり、手をさし出せば掌に掬えそうなあかいぬくもりで、からだの芯まで染められていくかと思える中に、じっと空をみつめて立っていました。西の山の上には紅蓮の炎とまごう塊があり、その塊から耀う光の帯がどこまでも広がり続いて空一面を薔薇色に染めていました。遊び仲間から離れてままごとの木の葉を取りに立った年端のいかない私は、その夕焼雲の荘厳さに心が打たれうっとりとみとれてしまいました。やがて赤光の輪がいつともなく山の端に静かに吸いこまれていくにしたがって、赤味を帯びた黄金の波のきらめきは徐々にうつろい、気がつくとあたりはうす靄につつまれ、たそがれどきの暗さに移っていました。私はふと、母の顔が浮かび急に家へ帰りたくなりました。しかし友だちはまだ遊びに夢中で、時のたつことなど心にもかけない風情にみえました。

七曲りの赤土道を登りつめた峠のくさむらでは、誘い合った女の子同士がもう随分長いあいだ遊びほうけていたのでした。そのころは男の子も女の子もみんな膝もみえるほどの裾短かな着物を着ていました。男の子は下穿など穿かず、女の子は着物の下には赤い木綿のお腰を巻いていましたが、遊ぶ時にはそのお腰をはずし、筵がわりに地面に敷きました。

「アハシ《なぞなぞ》　ムンガタレ《物語り》
ティンツル《天に吊られた》　ゴーガネ《かねの輪》　ヌートー《何か》」
「ウッリャ《それは》　ノキ《虹》」
「チャー《そうよ》」

組になってアハシムンガタレに熱中している子供たちのはじけるような笑い声が、暮れなずむ山の木々に谺してかえってきます。あたりはすっかり暮れ果てて物のけじめもわかりにくいほどに闇が降りていました。

なにやら幽かにひびく物音を耳にして、私はぞおーっと鳥肌立ち、「ケンムン（魔妖のもの）が出た」と年嵩の女の子の袖を引きますと、その子は「静かにして」と押し殺した声でみなを制し、じっと耳をすませていましたが、「みんな伏せて」と叫びながら私を引き倒すように伏せさせ、声を出してはだめときつく言いました。

物音がだんだん近づくと、私は胸のどきどきが息苦しいほどに早くなり、両手で耳を抑えて、赤いお腰の上にうつ伏せたまま、心の中では「ヂュー（父）アンマー（母）」とちちははを呼んでいました。ぴたぴた、ぴたぴたと湿っぽい土を踏む音や時おり棒で地面を叩く音が入りまざって迫り、ついにすぐそばまできたかと思うとその物音はぴたりと止んで、いきなりとなえ言をはじめたのです。

カミ《神》ナリバ《なれば》ヤ
ヤマ《山》ハ《へ》チ　ヌブティ《登って》　タボレ《給われ》
チュ《人》ウナリバ《なれば》ヤ
クトゥバ《言葉》　イリェティ《応えて》　タボレ《給われ》
トートーガナシ　トートーガナシ

その声をきいた私は思わず飛び起きるや「マンタウジー」と叫んでその太い足に抱きついていきました。抱きつかれた万太おじは仰天して、「カナー」と叫び、連れのふたつの黒い人影も「ハゲーウベヘター（ああ、おどろいた）」と太い息を吐くと、子供たちもみんな肩で息をつきつつ起き上り、お互に人間同士であったことにほっとしました。三人の大人は自分たちの驚きの分も添えて子供たちを叱りましたが、子供たちは暗闇の中で手探りしながら、それぞれの赤いお腰をたしかめてまちがえないように身につけました。

珀玖《モク》おじは捜してきた芒に火をともし、たいまつ代りにして先に立ちました。生暖かい晩でしたから恐ろしい毒蛇のハブを防ぐために、長い棒を持った斎《サイ》おじが子供たちのそばについて、道の両端の草むらを叩きながら進みました。私はうちの飼馬の世話をしている万太おじの背中に背負われて山を下りましたが、万太おじのひろくあたたかな背中でいつしか眠くなっていきました。

# 海辺の生と死

## 誕生のよろこび



学校の帰り道でのこと。おおぜいの子供が海辺のきん竹の生垣にとりついて騒ぎたてながら中を覗いていました。何が起きているのかしらと思い、両手で垣根を力いっぱいこじあけた私は、顔を押しつけ竹の葉が頬を刺すのをがまんしながら中を見ました。しかし別段変わったこともなく、山羊小屋の中の白い雌山羊がゆったり横になり、口をなかば開けて「めえーん、めえーん」と柔らかな声をふるわせているだけでした。でも子供たちは興奮した息をはずませ、「うれ、うれ」、「きばれ、きばれ」などと男の子も女の子も声をはりあげて雌山羊を励ましていました。と突然その後足の間から白い塊がぽわーっとあらわれ出てきたのです。私はびっくりしました。子供たちはいっせいに「はあー」と心から安堵のため息をつき、「いっちゃた、いっちゃた」とはずんだよろこびの声をあげました。雌山羊はゆっくりと体の向きを変え、首をうごかしながら自分の舌で波打っている白い塊をいとおしむようになめまわしました。まるまって震えていた白い塊はかすかに動き、やがて四本の足をしっかりのばしたかと思うとこんどは曲げてかわいい仔山羊になってふるえながら坐りました。

「たあてぃ、たあてぃ、まんぎるなあー、まんぎるなあー」

子供たちが声をそろえて歌いはじめると、生まれたばかりの仔山羊が、ふわふわふわんと立ちあがりました。白い体が濡れ光ってみえました。四本の足がやたらに長く、膝の関節がふくらみ、そこから下がひときわ太くなってみえました。でもその足はよろめき、今にもくずおれそうになるのを仔山羊は震えるほどにも力を入れてふみこたえ、懸命に一歩一歩と前の方へ歩いたのです。

「きばたが、きばたが、いっちゃた、いっちゃた」

子供たちは歓声をあげ、指笛を吹き、手を叩いて賑やかによろこんでいました。

## 海中の生誕

海に突き出た珊瑚礁に腹這いになり、頬を押しつけて長い間水の中を見ていました。きれいな大粒の玉がたくさん集まって珊瑚礁の蔭にゆれていました。ちょうど葡萄のマスカットの房が海中でみのったみたいでした。

お日さまの強い光に照りつけられ、髪の毛の中は湯気がたっているかと思え、背中は着物を通して痛いと感ずるほどもつよく火照っていました。でも私はうごかずにじっと息をつめて見ていました。と丸い玉の先を突き破って、小さな生き物がいきおいよく飛び出したかと思うと、せわしげに泳ぎはじめたのです。丸い玉からやがて何かが生まれてくるにちがいないと思った自分の予感があたったことの感動で幼い私は胸がどきどきと高鳴り、不思議な驚きにとらわれました。それにしてもそれは何の子なのでしょう。丸い玉を烏賊の卵のようだとは思っていたのですが。丸い玉からはほんのしばらくのまをおいて、あるいはずいぶん長いと感じられる間隔で、次々に新しいいのちが生まれ出てきました。そして当然のようにそれらは群れをつくり、元気よく泳ぎまわり、ひとつとして群れから離れていくものはありませんでした。

## 浜辺の死

夏の真昼。白い砂浜に黒い牛が立っていました。赤い布で腰のあたりを覆っただけの裸の男たち。万太《マンタ》おじ、斎《サイ》おじ、珀玖《モク》おじ、阿仁《アニ》おじの四人が牛を囲んで高い声でしゃべっていました。すぐ側には枯木の束が積まれ、よく研がれた鉈や庖丁が太陽の光を眩しく照りかえしていました。何故幼い私がひとりだけ大人たちの仲間入りをしてそこにいたのか今は思い出せませんが、私は牛のまんまえに立ってかすかな口のうごきさえわかる近さで、まじまじとその顔を見ていたのです。牛は優しい眼つきで私の眼を見ていました。涙がこぼれそうなぐらい胸にひびくあたたかい眼でした。斧を持った阿仁おじが何かに区切りをつけるように、「がんば」と言って私の側にきて立ちました。私は「ああ、まき（眉間）を打つのだわ」と思ったんです。でもちっとも怖くはありませんでした。ただ「さようなら」だと思っていました。牛も私も目をそらさず互いにみつめあっていました。この時の牛の眼を私は生涯忘れることができません。口元近く手綱を持っていた万太おじが両手でそれを抑えて「うれ」と言った時、身構えていた阿仁おじは斧を振りあげ、刃と反対側のところを牛の眼のあいだに打ちおろしました。牛は前足を二本いっしょに曲げてのめり、続いて後足も曲げながらゆっくりうずくまりました。大人たちはす早く、形よく曲って横に張った二本の角を抑え、首にかけた手綱を引きしぼりますと、牛は急にあばれ出しました。それはいやいやをしている子供に大人がよってたかって灸をすえているような光景に見えました。黒い毛並が光って激しく波打ちあえぎましたが、だんだん勢いが引いていきやがて止ってしまいました。じょうだんをしているようにばたつかせていた四本の足も静かになり、牛はゆっくり寝てしまったかと思えました。もしも掌を触れたらあたたかいぬくもりが指を通してからだじゅうに伝わってきそうなのです。しかし牛は毛を焼かれるために枯木の上にのせられ、火がつけられました。勢よく燃え上る焔の上に横たわった牛は、眼を半眼に開き、赤く血走ってはいましたがそれでもまだやさしく語りかけているかのように見えました。

# 洗骨

墓場のそこここでさくさくさくと土を掘る音が聞こえていました。私のそばでも屈強な男が三人鍬を振りあげ振りおろして墓を掘り続けていました。

一人の男の鍬が堅い音をたてて跳ね返りました。墓を囲んで立っていた人々からあるかなしかの気配がうごき、みんなの目は前よりも強く墓の中に向けられました。次に三人の男たちは無言のまま土掬いで土を払いのけ、やがてすっかり土が取除かれると、畳半畳位の既に土色に染まった平たい珊瑚礁石《ナバンイシ》があらわれました。人々はうなずきあい、あるいは嘆息をもらし、子供の私は体を堅くして母の袖の下にかくれるようにより添って立っていました。

三人の男が珊瑚礁石に手をかけゆっくり横にずらせた時、一瞬冷気が立ちのぼり素足の爪先から身内を貫き、頬を逆撫でして吹き抜けたように思いました。染みた冷気を払いのけるように頭とからだをひとゆすりして、身を乗り出しそっとのぞいた深い墓の底から、真新しい土の匂いが漂い、頭蓋の骨が丸くくっきりと目にうつり、それを囲んで大きい骨や小さい骨が散っているのが見えました。珊瑚礁石をもうすこしずらせた時、墓を覆った松の大木からの葉洩れ陽がひとすじ暗い穴に射し込んできらりと光をはねかえしました。すると女の人がお骨にティダガナシ（太陽の尊称）の光は禁忌だと言いながら男物の蝙蝠傘を墓の上にさしかけたのです。光のかげった黒土の上で人骨は白く浮き上り、太陽や雨風に曝されて山の背にそそり立つ立ち枯れの古木の枝のように見えました。

足掛かりの刻みをつけた丸太をおろした穴の中に男のひとりが足もとを確かめながら降りて行くと、まず「ウフネウガミギャ《お骨拝み(洗骨)に》　キョータドー《参りました》」と底のお骨に挨拶をしてから竹籠の中に拾い始めました。そしてこの時のために特別目をこまかく丁寧に編んだ新しい竹籠に三杯もの骨が地上にあげられてきました。何杯かの掻い出された底の土も茣蓙の上に広げられ、人々は指先で念入りに骨をふるいわけました。さらさらと指の間からこぼれるほど細かく柔らかな黒土の中には手や足の指らしい小さな骨がまざっていて、使い古された象牙の箸の折れ端のようでした。そっと掌にのせると堅くひんやりとしていました。これが遠い日には生身の人のからだの一部分であったなどということはなんだか信じられないことのように思えました。ずしりと分厚く重そうな二銭銅貨数枚と、小さなガラス玉の光る鼈甲簪、歯の長いセルロイドの飾横櫛に袋物の口金などはすこしの破損もなくそこに置かれていて、黒髪が束ねられたままになっていることとともに、白い骨にくらべるとへんに生々しく、かえって生きているような思いを起こさせました。

墓地の横を流れる小川では女の人たちが骨を洗っていて、岸辺にはその順番を待つ幾組かが声高に話し合っていました。どの組も骨を納めた竹籠をかかえ持った人を中心に、それに黒い蝙蝠傘をさしかけた女の人や加勢の人たちがより添っていましたが、それは先に洗骨をしている場所の上流へ行くのは慎しみが無く、また下手ではお骨になった人への思い遣りに欠けると考えてのことなのでしょう。私たちの組もその群の中に入って待ちました。

小川の中に着物の裾をからげてつかり、白くふくよかなふくらはぎをみせてうつむきながら骨を洗っていたひとりの若い娘が、「おばさんが生きていた頃私はまだ小さくてよくおぼえていないけど、ずいぶん背の高い人だったらしいのね」と言いつつ足の骨を自分の脛にあててくらべてみせました。私はそのお骨の人もかつてはこのようにして先祖の骨を洗ったことでしょうと思うと、「ユヤ《世は》ティギ《次ぎ》ティギ《次ぎ》」という言葉が実感となって胸にひびき、私もまたいつかはこのようにしてこの小川の水で骨を洗って貰うことになるのだと、子供心にもしみじみと思いました。しかし女の人たちは屈託なく笑い、久方振りの沐浴だからきれいにしてさしあげましょうなどと話しあって、綿花を持つ指先をたえずうごかし洗い続けていました。流れに浸って洗われているさまざまな骨の、大きなものは八重の潮路のまにまに漂い流れた果てに岸に打ちよせられた流木の白っぽい肌のように、また小さなものは海底から波に揉まれて白浜に打ちあげられた白珊瑚の骨片のように、それぞれ澄んだ水の中で濡れ光って見えました。

洗った骨は水気が残らないように白い布で何回も拭いてから、墓の横にひろげた莫蓙の上に並べて真綿で幾重にも包むと、人間一人の骨のそれぞれに肉がついたように見えました。上下の歯がしっかり嚙み合い一本の抜け歯もない歯並は生前の健康を誇っているかのようで、鼻のところの削げ落ちているのがへんにそぐわなく見えました。

そこに詰め綿をして顔面全体をすっかり真綿でくるみ終えた時、人々は顔を近づけ目を大きく見開いてみつめながら、「ウスキカナー、ウスキカナー」と生前のその名を口々に呼びかけ、面ざしが再現したと涙をこぼしました。でも遠縁にあたるその人の生前の記憶が私には全くなかったのでその姿を思い起こすすべはありませんでしたが、血のつながりというのでしょうか、言いしれぬ懐しさがこみあげてきたのでした。

浄めたお骨は蓋付きの背の高い甕に入れ墓の穴に納めて土がかけられ、墓は再びもとの姿にかえりました。

洗骨をすませたあと、お骨を納めたきれいな形や模様の陶器の厨子甕は埋めずに墓の横に置いたり、なかには甕の下半分だけを土中に埋めておき、蓋をあければいつでもお骨の人に会えるようにしておく人々もありました。

改葬をすませた人々に混って墓地からの小路をくだり、癩病人だけを葬るコーダン墓の近くまできた時、嗅いだことのない臭いにおいが鼻に強く滲みました。煙も漂っていて、天に向かってのぼっているひとすじの煙を追ってふり仰いだ松の梢には、たくさんの鴉が黒くむらがってけたたましく騒ぎたてていました。そのあたりはめったに人の姿を見ることもない木や草の繁るにまかせた荒地で、花立ての竹筒や湯呑茶碗などの投げ出されているのが垣間見え、何時も妖気のようなものがあたり一帯にただよっている、墓らしいしるしの何もない陰気な墓地でしたが、その日は見馴れぬ都会風の華やかな服装の男女が五、六人声をあげて泣きながら骨を焼いていたのでした。誰かが、「あのひともこれで浮かばれる」と言ったので、通りかかった人々はみんな立ち止って手を合わせたのです。

海沿いの道にきて浜辺でよそゆきの着物を着た子供たちがおおぜい遊んでいるのを見かけた時、私も駆け出して行って仲間に入りたいと思いましたが、まだ改葬行事が終わっていないことを思い返して行列に続くほかはありませんでした。

その日は「トゥモチ」にあたり、その年最後の集落をあげての「遊びの日」で、家々では赤飯を炊き、御馳走をこしらえ、子供たちは赤飯のおにぎりを芭蕉の葉に包んで食べながら海岸や広場で遊びました。着飾った娘たちと蛇皮の三味線を持った青年たちの「遊びの日」の自由を喜んでいる楽しげな姿も、渚のアダンの木蔭や波の寄せ返す岩の上などのあちこちに遠目に眺められました。その若者たちの歌三味線に和するかのような、にぎやかなうたげのさんざめきは、改葬をすませた家々からの酒宴のざわめきなのでしょう。

毎年「トゥモチ」の日は、ユリ年（閏年）でない限りは死後三年若しくは七年とか十三年が経過した人たちの改葬をするならわしになっていたのです。そのめぐりあわせにあたった家々では改葬をすませた後に親類縁者を集めて宴を張り、果たさなければならない故人へのつとめを果たし終えた安堵の中で、故人の霊をなぐさめ、重荷をおろした喜びをみんなでわかちあうのでした。

ドンドンドン、ドンドンドン、強い太鼓の音にあわせた調子の高い女の人たちの掛け合い歌の歌声と、それに負けじと張り上げる男たちのかえしの声が競い合って集落の秋の夜空へひびきあがり、晴着を着た老人も子供も男も女も、広場いっぱいに円陣をつくり歌にあわせて手を振り身をくねらせ両の足で調子をとりつつ、「遊びの日」の踊りに湧きかえっていました。その人の輪に揉まれよろめきながら小さな私も見様見真似で手や足をうごかし一所懸命に踊りそして歌いました。

トゥモチヌヒ《トゥモチの日》　ウムケショーティ《お迎えしまして》
グショ《後生》ヌ《の》ウヤフジガナシトゥ《御先祖さまと》

ウドゥリ《踊り》クラブェ《競べ》
ウヤフジガナシヌン《御先祖さま方に》キャン
メヘラングトゥ《負けぬよう》
ワァキャヤ《われわれは》　ウレ《それ》　エイトウドゥロ《一所懸命踊ろう》

うす暗がりの踊りの輪の中には昼間コーダン墓で改葬をしていた兄弟姉妹たちも入っていて、そこだけ内地風なはなやいだ衣装をきわだたせて踊っていました。内地でそれぞれ立身していると噂されているこの人たちも、亡父の改葬をすませて肩の荷をおろしほっとしているのでしょう。久々に歌うであろう島の歌を声張りあげて歌い、亡父の霊といっしょに踊っている様子はいかにもうれしそうにみえました。

長い業病の果てに後生の世に旅立ち、墓までも区別されていた淋しい人が灰になって子供たちの胸に抱かれ、明日は内地の墓地へと出立して行き、再びは帰ることのないであろう島での最後の魂の踊り納めとあって、人々はそのひとの霊魂との別れを惜しんで踊りました。

踊りの輪の内側に踊っているおおぜいの亡き人々の霊魂に向かって、なお生前の姿を見るかのように、現し身の人々は親しかったその名を呼びかわし、話しかけました。そして「それ、後生の人たちと踊り競べだ、負けるな、負けるな」と歌い、東の空に暁の明星が輝き出すまで踊り続けるのでした。もはや生も死も無く。

# 鳥九題

　日本本土を遥か南に遠く大洋のさなかに、いくつかの島々が弓なりに飛石のように連なって沖縄の方までのびていますが、そのなかのひとつ奄美大島に私は住んでいます。ここでは日常の暮しのなかの不自由をすこしばかり我慢すれば、住むにはとても楽しいところです。それはまだそれほどに近代化されていない島の習俗や伝承のなかにすっぽりつつまれた日々の生活のいとなみと、自然の風物のなかに自分を溶けこませて暮していける安堵の安らぎが恵まれるからとでもいえましょうか。亜熱帯圏にありますために、適当な気温が四季を通じて按分され、空と海は蒼く、熱帯魚の群れは美しく、冬になっても野山はさほどの末枯れた姿は見せずに緑に色よく輝き、小鳥た

ちもいくらか寒さにちぢかむ日もたまにはありますが、その生を充分に楽しんでいます。時の流れは遅く感じられ、心にうつる万象の変化が目立たないので、私には遠い日の古いしきたりがぴたりと心により添い、今のくらしとどれほども変わっていないように感じられるのです。

## マシキョ

庭先のきん竹の生垣の根のあたりで、ウグイスのささ鳴きが聞かれますと、「春が来た」とからだじゅうがあたたかくなっていきます。ささ鳴きの頃のウグイスのことを島では「マシキョ」というのですが、鶯色といわれるあの美しい色とは未だいえない、くすんだ灰緑色の羽根をさかなでされたようにふくらませて、チッチッチッと息ぎれしがちに、飛びあがりかねて跳ね歩いているその姿には、未熟の幼さがただよっていじらしく、そっと、蘇鉄の赤い丸い実を生垣の根にころばせておいてやりたくなります。緑のきん竹の根もとで幼い小鳥が蘇鉄の実の真紅の皮を啄んでいる姿はやさしく、春のさきがけにふさわしく思われます。

猫とマシキョ

緋寒桜の満開の木蔭でマシキョが三羽飛び交いながら餌をあさっていました。私も和んで春の花洩れ陽の下に坐ってその自然の饗応にあずかっていますと、突然縁のしたから、黒い獣が飛び出てきたかと思う間もなく、一羽のマシキョはその口にくわえられていました。飼猫のクマがねらっていたのです。かわいそうなことをするものです。このあともたびたびクマは、マシキョを部屋のなかにくわえてきてはその羽毛をまき散らすことを、いくら叱ってもやめようとしないのでしたが、マシキョがやがてひとりまえのウグイスに成長し、ふくらんでいた羽毛もきりりとひきしまり羽根の色も春の光に濃い緑色に輝かせ、身軽に飛びまわれるようになりますと、もうクマの手はとどきようもなく、たかい枝の上のその誇らしげな歌声と姿を、耳をひくひくうごかしながらじっと息をつめてみつめているばかりでした。

## 鳥さし富秀

私が子供のころ、島に富秀という変わった人がおりました。器用な彼の手先にかかると、浜辺に流れ寄った椰子の実はまたたく間に食器や柄杓に変わりますし、また蛇の皮を張って鼓や胡弓にもしてしまいました。

手頃な材料を見つけては三味線や尺八や横笛、果ては立琴までも上手に作り、月のきれいな晩など夜の更けるまで集落うちの道を自分のこしらえた楽器をならしつつ流して歩くのが常でした。殊にその優しい心のこもった尺八の音色は嫋々たる余韻を引いて夜の集落を包みこみ、人々はそれを聞きながら何ともいえぬよい心持ちになって眠りにつくことができました。

竹細工も殊のほか上手で、籠や笊など富秀よりうまく編める人はほかにはいないといわれていましたのに、それをお金と替えることはなぜかとてもいやがっているようでした。

家畜や鶏が病気にかかったときなどもやはり富秀にみせる人が多かったのですが、富秀はすぐに薬草をとってきて飲ませたり、びっくりするほど大きな灸をすえたりしてふしぎになおしてしまうのでした。

老母と二人暮しのその住居は、四本の丸太を地面に埋め込んで柱とし、屋根は茅で葺き周囲も茅で囲い、前後にあけた出入口には粗末な木の戸をたてかけた、島でいうウィバリャ屋に、畳もなく藁の筵を敷いただけのわびしいものでした。老母は風土病のフィラリヤのために足が太く浮腫み、歩きにくそうに跛をひいていました。わずかばかりの畠にさつま芋や季節の野菜など植えて日毎の糧にしているようでしたが、持病もちの老母の働きだけでは哀れなものでしかないのに、息子の富秀は「アンマー、アンマー（母ちゃん、母ちゃん）」と甘えるだけで、精出して母親の手助けをしようとはしませんでした。彼は気のむいた時だけ海岸の岩の上で釣糸を垂れ、磯で貝をとり、また山に登って山鳥や小鳥を捕えてきました。食べるために捕えた鳥でも、気に入ったものは飼って手なずけ、肩にとまらせて歩きながらなかなか得意そうでした。

彼の装束もまた変わっていました。絹地で赤青黒黄など色の濃い縞模様のある派手な女物の着物を、仕立替えることもしないで長袖のまま着て歩いていました。それは本土の奉仕団体が役場を通じて貧しい人たちに配ったものでしたが、海辺や山中を歩くのにはそのおさがりの絹の生地はもろく、やがて千切れ千切れになって、ちょうど七夕の短冊を貼り付けてはためかせているようでしたので、その姿を私の母は「富秀の七夕衣《タナバタギン》」と言っていましたが、瘦せて背が低く、顔は渋柿色、目が細くおとがいのながい富秀が、色とりどりの七夕衣を引きずるように着て裸足で歩くおかしな姿も、島の人たちには富秀のことだからと別に奇異にも思えないのでした。

しかし生まれるとすぐから女手ひとつで育ててきた母親は、歳の三十も過ぎた息子のことを「ワーキャカナシャンボー（わたしのかわいい坊）」とまるで幼な子のように大切にしていました。

冬の寒い真夜中のことでした。遠慮がちに戸を叩く音がしましたので、母が出てみますと、「ワーキャボー（わたしの坊）が砂糖黍を食べたいと申しますので、どうか、一、二本戴かせてください」と細い声で頼んでいるのは富秀の母親でした。母は「サスィンヤ（かぎや）の裏庭から好きなだけ切っておゆきなさい、鎌は馬屋の壁に突き刺してある中からお使いなさい」と言いますと、母親は礼を述べて立ち去りました。

うとうと眠りかけていますと、足音をしのばせて再びやってきた富秀の母親が、

「恐れ入りますが、ワーキャボーがこんどは黒砂糖を舐めたいと申しますので、どうか黒砂糖をすこし戴かせてください」と言いました。母は身仕度をして提燈を持ち、庭におりていきましたが、サスィンヤの重い戸を開ける音がしていたかと思うと、続いてかちん、かちん、かちんと金槌と先の尖った鉄の棒で百斤樽の中から黒砂糖を割っている音が聞こえてきました。その頃は自分の家にないものは、よその家へ貰いにいくのはごくあたりまえのことでした。

部屋に戻って床の中に入りながら母は「こんな寒い夜更けに、六十の歳をとうに越した母親が三十の息子のためにねえ、親というものはねえ」としみじみとひとりごとを言っていました。

富秀のことを島の人たちは「器用貧乏鳥さし富秀」と呼びました。彼はいろいろな鳥をうまく捕えることができました。ムチ木と呼ばれる木の皮を剝いで石で叩き潰し、小川の清水でよく晒して作ったねばねばの鳥黐を竹の先につけ、めざす鳥に足音を忍ばせて近づき、飛び羽根の下のところを狙い澄まして、さっと突き付けるそのしぐさは、それは見事なもので、かねての彼の挙措からは想像もできないほどの引き締った美しさをあたりに漂わせました。私の家の裏庭は山裾になっていましたので、ときどき私はショイン（来客用の一棟）のコザ（唐櫃等のおいてある着替えの部屋）の濡れ縁に腰かけて彼の捕鳥の様子を見ることがありました。注意深くて近づき難い鳥には細竹の先に釣り糸の罠を仕掛けたりウタシ籠を使ったりしました。ウタシ籠というのは、小さな竹籠の上部を開け、細い棒でつっかえを作り、小鳥が近づくとつっかえ棒をささえている竹がくるりとまわって上部の蓋のところが閉まるようにできている捕鳥用の籠で、それを使う時はたいてい呼びかけの媒鳥の入った籠の上にかさね合わせて木の枝にかけておくのが普通で、この方法はメジロやアカヒゲなど声の美しい小鳥を捕える時によく使われました。マシキョの場合は餌につられて簡単に籠の中に入ってきますので、地面近くにウタシ籠だけを仕掛けておけば事足りたようです。餌は蘇鉄の皮つきの実とか、濃い藍色の実が枝いっぱいに密生したカラスノギマのひと枝とかが使われているようでした。島の子供たちはこの実の汁を絞りインク代りにして遊びましたが、私はその毒々しい青黒さにカラスの羽根をおもわせられてなんだかうす気味悪く、その遊びにはどうしても仲間に入れずにそばで眺めているばかりでしたが、それも今は懐しい思い出のひとつとなりました。

富秀がマシキョを捕えにくるのは、霰まじりの北風が冷たく吹く日が多かったように思えます。七夕衣をひらひらと風になびかせながら、ウタシ籠を片手に、心もち首をすくめるようにして私の家の表門から入ってきて、裏山のサンザン花やクロトン、ハイビスカスなど花木が群れているあたりにそれを仕掛けて帰りました。彼の帰ったあとには青竹で作ったばかりのウタシ籠の中で、蘇鉄の赤い実とカラスノギマの濃い藍色が霰に濡れてまばゆいばかりにつやつやと見えていました。

## アカヒゲ

ウグイスくらいのおおきさの赤い小鳥で、アカヒゲというかわいい小鳥が島にいます。島の鳥の鳴き声の美しさをいいますならば、まずアカヒゲが一番でしょう。アカヒゲはその鳴き声と羽根の色の美しさで昔から珍重され、旧藩時代には献鳥としてさし出すようにと島津藩庁から度々の達示があったと聞いています。奄美大島がアメリカ軍政から日本本土に復帰しました一九五三年頃から、このアカヒゲを捕えて日本本土に売りこむ人が増えて、めっきりその数が減ってしまいましたので、天然記念物に指定されその捕獲が禁じられるようになったということです。

アカヒゲについても、さまざまのことが偲ばれます。私のうちのトーグラ（炊事と食事場の一棟）の横の井戸端にはいろいろな鳥たちが集まってきて水を飲んだり、水浴びをしたりしました。母は雨や風の日でもハンドー（甕）の水を入れ替えて小鳥たちを待ちました。ひとつがいのアカヒゲは母によく馴れ、トーグラの軒端近くにきて飛び交い、庭歩きをするほどにもなっていました。お茶をいただきながらアカヒゲのさえずりを眺めるのは楽しいことですと母は満足げにしていましたのに、ある日富秀が細竹と釣糸の罠でそのうちの一羽を捕えてつれ去ってしまいましたところ、残された一羽はふっつりと姿をみせなくなりました。

私の家と反対側に、神山と呼ばれて人の近づかないこんもり茂った山があるのですが、その山裾を流れる小川のほとりで、連れをなくして片割れになったアカヒゲがみつかったと母は大よろこびをしていました。そして何度も神山近くまで出かけて行って戻ってくるよう呼びかけましたのに、その片割れアカヒゲはもう決して私の家の方に帰ってこようとはしませんでした。それからもずっと神山の森のあたりで一羽だけで鳴いているのだと母は淋しそうでした。

## ルリカケス

奄美大島と徳之島にしか棲息しないために特別天然記念物に指定されているルリカケスという鳥がいます。カラス位の大きさといえましょうか。羽根の色は背中と腹は赤栗色ですが、ほかのところは濃い瑠璃色の美しい姿をしています。この鳥は群れをなして畠のものを荒しますので、島の人たちからはあまり好かれていないようです。ですから特別天然記念物と言っても、それほど大切にも思われていません。私の家の裏山にもたくさん棲んでいますが、庭の果実の木々にまじって、ひときわ高く枝を広げたヒトツバの木に、桜ん坊色の細長い甘い実が熟れ始めますと、それこそ木を覆うほどもたくさん、耳ざわりのよいとはいえない甲高い鳴声をたてながら群がってくるのでした。

ショインの外縁に筵を敷き南京豆を干しておいたところ、ルリカケスがたくさん集まってきて、さかんに突ついているので、びっくりして籠に収め、とりあえず納戸に持ってきておきました。ナハンヤ（家族の居間と寝室のための一棟）で父母といっしょにお茶を飲んでいますと、しきりにさわがしい音がするので渡り廊下を駆けて行ってみますと、外縁から内縁、表の間、中の間、小座といっぱいのルリカケスが飛び廻り跳ね廻り、納戸の籠から南京豆をくわえてきては突ついているではありませんか。南京豆の殻を突つき割る音と鳥たちの羽音が入り交りその騒々しいこと、一瞬私は呆然としましたが、ふといたずら心をおこして部屋部屋の障子を閉めにかかりました。驚いた鳥たちは素早くいっせいに飛び立ちましたが、一羽だけ家の中に封じ込めることに成功したのです。私は汗をいっぱいかくほど追い廻し、とうとう手づかみで捕まえて赤銅の籠に入れると、ルリカケスはきょとんと私を見ていました。ルリカケスは教え込むと人の言葉を真似るそうだと父が言っていましたので、私はどうしても飼い馴らしたいものだと思いはじめていました。

野鳥を飼うのは、餌のことがむずかしいので、富秀にきてもらって尋ねましたところ、ルリカケスは生きた小さな虫や蜥蜴の卵などが大好きで、木の実や、さつま芋、南京豆なども食べますが、性質が臆病だからちょっとした物音にも驚きやすく、人の与える餌に馴れさせるのはなかなかむずかしいことのようで、初めての私には無理だとわかり、よく飼い馴らしてから持ってきてくれるようによく頼んで、彼に預けました。
　十日ほどして富秀が姿を見せましたので、ルリカケスの様子を聞きましたところ、「ああ、あの鳥は餌のさばくりが難儀だから、母と二人で煮て食べてしまいましたよ」とにこにこ笑って言うのでした。

クッキャール

　ものうい初夏の床の中で、けたたましい山鳥の鳴き声で目を覚まされると、「ああ今年もクッキャールが渡ってきた」と思い、突然若葉の甘い匂いが部屋いっぱいに満ちてくるようです。「クッキャールルルー、クッキャールルルー」と透き徹ったころがるような声で鳴いているそれは、季節の移り変わりのけじめのはっきりしない亜熱帯の島で、いくらかは移りをさとらせるもののひとつと言えましょう。この鳥は夏の初めに渡ってきて、また夏の終りとともに何処かへ去っていくのですが、その短い間、昼も夜も鳴いているようです。その声は遠くまでひびくので、山でクッキャールが鳴けば、浜辺の貝が姿を隠すなどと言われるのです。学名は「リュウキュウアカショウビン」というそうですが、私の住む島ではその鳴き声の儘「クッキャール」と呼んでいます。姿はちょうど赤いカラスと言えるでしょうか、大きさもカラス位で全体が朱色、飛び羽根のところだけつよい紅朱がさし、くちばしは黄色です。あまりものおじしない性質のようで、井戸端近くで餌をあさっている時、私が近づいても飛び立つ様子もありません。「赤い鳥小鳥なぜなぜ赤い、赤い実を食べた」と歌いながらその餌を見ますと、それは井戸端近くの穴に住んでいる赤い蟹でした。赤いカラスが赤い蟹を黄色のくちばしでかさっ、かさっ、かさっ、と砕いている情景は妙な気持になります。

ウイチウジ

「ウイチウジ　ウンキュウ　グジュエン　コイコイコイ」、童たちが土橋の上で山へ向かって呼んでいます。すると山の方から木霊のように、「ウイチウジ　ウンキュウ　グジュエン　コイコイコイ」と澄んだ美しい鳥の声が返ってきます。島はもうすっかり夏です。甘い匂いをぷんぷん撒いていた蘇鉄の雄花もさおれかかり、大粒の雨が容赦なく島山を洗い、草木はむんむんとむせるように伸びていきます。その若葉の緑の間を、どぎつい黒と紺の尾長鳥がどさり、どさりと枝から枝へ渡っています。そして思い出したように首をあげ、「ウイチウジ　ウンキュウ　グジュエン　コイコイコイ」と高い声で鳴きます。これは学名では「リュウキュウサンコウチョウ」と言われるそうですが、私の集落の人たちはその鳴き声が「ウイチウジ　ウンキュウ　グジュエン　コイコイコイ」と言っているように聞こえるので「ウイチウジ」と呼んでしたしんでいます。この鳥も夏のあいだだけ見かける鳥です。

フクロウ

「クホー、クホー、クホー」、庭に高く聳えるゴムの木やアカギの繁みにフクロウが夜毎に来て鳴きます。夫はフクロウの鳴く声を聞くと心が和むといい、机の前に坐ったまま庭の方に向かって、「クホー、クホー」と呼びかけています。すると庭木の上からフクロウが、「クホー、クホー」と答えてきます。夫とフクロウは呼びかわしながらまるで心が通いあっているみたいですが、私は反対にフクロウの声をきくと心が黒い霧に閉ざされるような重苦しい気持になります。フクロウの鳴き声を聞く夫の心には、遠くなった戦場の日々が思い起こされるようです。明日のいのちもはかられない特攻隊でしたので、生き残るものへのいつくしみは、フクロウの鳴き声、蛙の群れ鳴き、おたまじゃくしの姿にさえ限りない愛情をおぼえたということです。私は子供の頃、フクロウは悪魔の使いでいのちのあまい人はその霊魂を抜かれて死んでしまうという島の言い伝えに怯えていました。だからフクロウの鳴く晩は早ばやと寝床に潜り込んでしまうのでしたが、夜着の袖で頭を包み蒲団をかぶって耳をふさいでも裏庭のオオヤキ木に止まったフクロウの声は幼い私の耳にいつまでも暗く悲しげに聞こえていました。

## マヤとフクロウ

雨雲がひくく垂れ込めた暗い晩に、庭の木にフクロウがきて、陰気な声でいつまでも鳴いていました。

私は懐中電灯を照らして追い払おうとしましたが、いっこうに逃げません。娘のマヤが祭壇の十字架を捧げ持ってきて、フクロウに向かってさし出しました。するとフクロウはぱっと夜の闇の中を裏山の方へ飛び去って行きました。娘のマヤはフクロウは悪魔の使いなので、十字架の前から逃げ去ったのだと信じています。

# II

# 旅の人たち

沖縄芝居の役者衆

幼い頃に歌った島の歌を聞かせて欲しいと夫に言われて、思い出すままにそのいくつかを歌ってみましたところ、なかには沖縄民謡ではないかと指摘されたものもあって、今までずっとそんなことなど思ってもみずに、昔からふるさとの島で、親から子へと伝承されてきた童歌かなんぞのつもりで、折にふれてはおのずと口遊んでいたそれらの歌を、思わずふりかえってみる思いがしました。

その頃奄美大島の港には、間遠に日本本土から蒸汽船がやって来て、そちらからの客や積荷をおろし、こちらからは黒砂糖の樽や大島紬などを積み込んでは帰って行きましたが、その大島から海峡ひとつへだてた私の故郷の加計呂麻島では、遠い処へ行

くのにも丸木を刳り貫いた丸木舟か、板を接ぎ合わせて造った小さな板つけ舟しかなく、それを櫂で前掻きに漕いで往き来をしていました。それなのにそんな不自由な海の旅を重ねながらも、いろいろな旅人たちが、この南の小さな島蔭の、入江奥の集落までも渡って来ては去って行くのでした。

蘇鉄の群生する岬にかこまれた入江の奥でよそ島とのかかわりあいも少なく、自分たちだけの間で親密なつながりを保ちあいながら、ひそやかに平和な年月を過ごしている島の人々の上に、旅の人たちはさまざまの思いや翳りを落として去って行きました。子供らは今まで聞いたこともなかった歌を覚えていつのまにか自分たちのものにし、人妻は豚の脂身から取った髪油よりもずっと匂いのいい椿油を黒髪に撫でつけるようになり、美しい娘には、生涯ひとり身でふしあわせに暮さなければならないような、悲しい出来事が残されることもありました。

その旅の人々は、沖縄芝居をする役者衆、支那手妻をしてみせる人たち、親子連れの踊り子、講釈師、浪花節語りなどの旅芸人や、立琴を巧みに弾いて歌い歩く樟脳売りの伊達男、それぞれ身体のどこかに障害を持った「征露丸」売りの日露戦争廃兵の一団、それに帝政時代には貴族将校だったという白系ロシア人のラシャ売り、辮髪を残した「支那人」の小間物売り、紺風呂敷の包みを背中に負った越中富山の薬売りなどでした。

　それに旧暦の朔《ついたち》と十五日には必ず朝から夕方まで続く、癩病患者の物乞いの群れもありました。手先のなくなった腕に櫂を褸布でしっかりくくりつけ、丸木舟や板つけ舟を上手にあやつりながらやって来るのですが、集落を家ごとに巡り歩いてお金や味噌、黒砂糖、米など生活に必要な品々を、首の両側から吊した二つの三角袋に恵んで貰っては、また何処かへ漕ぎ帰って行きました。

　癩病患者は人里離れた海岸や、あちらこちらに散在する離れ小島の磯にひとかたまりずつ寄り合って暮していると聞いていましたが、私は舟に乗ってよそ島へ行く時に、ときどき遠目に見ることがありました。そして一度だけ、海端のユナ木の下蔭に住んでいるらしいひと群れをすぐ間近に見たことがありました。長く続くきれいな砂浜の渚に生えたユナ木の枝には洗濯物が干してあり、浜辺では炊事の煙がゆっくり立ちのぼっていて、煮炊きをしているらしい女の人の横で、子供たちが賑やかな声をふりまきながら駆け廻って遊んでおりました。また若い女の人が赤ん坊を背負って白い砂浜で貝を掘っているらしい姿なども見えていて、それはよそ見にはまことにのどかな場景に見えました。

沖縄芝居が来るということが、旅籠屋の主人の口で一ヵ月も前から知らされると、島の人々はみんなその日を待っていました。もちろん私もその一人でしたが、芝居の役者衆はきっとあの夏の夜空の真南に輝く船型星のような形をしたマーラン船に乗ってくるにちがいないとひとりぎめに思い込んでおりました。

マーラン船はめったに見ることがなく、何をする船なのか幼い私にはわかりようもありませんでしたが、浜辺に立って眺めているはるか沖合いを、時たま白い帆に風を孕ませ滑るように悠々と通り過ぎて行くのでした。マーラン船は舳先はがっしりと美しく、艫がたかだかとゆたかなまるみを帯びながら海面に落ちこむあたりで波が白く砕け散り、帆柱に大きな帆を掲げつつ船子たちが数人がかりで櫓を漕いでいました。それは南国の太陽が群青の海に眩しく油照りしている真昼間なのに、不思議な妖気さえ漂わせ、幻の船のように見えました。だから私は昔話の人物のようにきらびやかな衣装を着けた沖縄芝居の役者衆は、きっとあのマーラン船に乗ってはるばるとやってくるにちがいないと思えたのでした。

「シバヤ《芝居》ヌチャードー《が来たぞー》」

と言いながら大人が駆けていく足音の後に、おおぜいの子供たちの歓声と足音が入り乱れて続きましたので、私も思わず縁先から飛び降りてその後を追って海岸に来てみますと、大人も子供も着物の裾をたくしあげ、脛や膝のあたりを砂あぶくのまじった上げ潮に洗われながら、沖に向って右手を高く振り、左手では着物の裾を持って、夢中になって立ち騒いでいました。沖の方からは賑やかな沖縄太鼓と三味線の音に交って、沖縄民謡の調子のたかい女の歌声が海風にのって近づいてきました。ところがそれは幾日も私が幻に画いたマーラン船ではなく、小さな板つけ舟に乗ったわずか七、八人の役者たちが、ごく普通の格好のなんだか貧相な入来でしかありませんでした。

箱や大風呂敷に詰められた荷を、旅の人も、待ち人もいっしょになって担ぎ合い、沖縄方言と奄美方言とではじけるような朗らかなやりとりを交し合いながら一行は旅籠屋になだれこんでいきましたが、やがてひと息入れた後に、役者たちは舞台化粧とそれぞれの役どころの扮装に身をやつし出てきました。奄美のものよりはひとまわり大きな蛇皮張りの沖縄三味線と太鼓に合わせて民謡を歌いながら、きん竹垣にかこまれた細い筋道のはしばしまで練り歩き、四辻に来ると当夜の演し物の披露をしました。顔に化粧をしている人などめったに見ることのない子供たちは、役者が男も女も顔だけでなく、胸のあたりや指先から肘の処までも厚くお白粉をぬり、頬には祝餅のような紅まで刷《は》いて、唇など玉虫色にくっきり光っているのが珍しく、人間ばなれのした異様な美しさにみとれてその後にくっつき夕闇のおりる頃までいっしょに巡り歩きました。

あたりの暗さに驚いて家に走り帰った私は、今見てきた役者たちのことを弾んで話しながら、当然芝居に連れていって貰えると思い込んでいましたところ母は「那覇芝居は女夫《めおと》喧嘩の場面がよくでてくるので、子供にはみせたくないんですよ」と困惑げにしていました。私は援けを求めて父の方を見詰めましたが、日常のことは何事によらず口出しをしない父は、据えランプの光でだまって新聞を読んでいるばかりでした。それでもやがて母は心を決めたのか私を芝居に連れていってくれたのでした。

旅籠屋では二つの部屋の間仕切りの襖をはずして片方を舞台に充て、もう一方の部屋には見物人がぎっしりつまりましたが、坐りきれない者は部屋の廻り廊下まで溢れ、そこからもなおはみだした人々が戸口の処で押しあっていました。見物料はたしか大人拾銭―小人五銭だったと思います。

演し物は先ず沖縄舞踊の「上り口説《ヌブィクドキ》」から始まりました。それは琉球王朝時代に王の使者が薩摩の藩主へ遣わされた時、那覇の港を船出して鹿児島に到着するまでの海上の道々に見聞される風物のひとつひとつをくわしく歌ったといわれ、「旅の出で立ち観音堂、千手観音伏し拝《ウガ》で、黄金酌取《クガネシヤクトウ》て立ち別る」と始まるその歌は子供たちが日頃口ずさんでいるもので私も聞き知って歌っていました。月代のない琉球風のカタカシラ髷に白鉢巻をきりりと結んだ若侍が、黒羽二重の紋付を裾短かく手繰りあげて着て、部厚な幅の広い帯を前に結び、足には白と黒の縦縞の脚絆を巻いた旅装束に、扇子を持って立ちあらわれ、三味線、太鼓の歌にあわせて踊るこの踊りは、島の人たちが「ナハディッコ」と言って恐れる空手の演武のように力強い踊りでした。

そのあとに続いて男の役者が女の扮装で紅型《ビンガタ》模様の裲襠《うちかけ》などをまとい、あでやかな身振りの女踊りを舞ったかと思えば、娘が若侍姿に扮し、その手足さばきに力をこめた、しゃきっと極め手をおさえての見事な所作は見ていて胸がすくようでした。

また私の家の納戸にある朱塗や黒塗の蒔絵の櫃と衣装箱の深蓋《フカフタ》の中に香袋や木の実といっしょに仕舞い込まれた「朝衣《チョウギン》」とか「胴衣《ドギン》」とかの奇妙な衣装を、その役者たちが着て出て来たときには胸の底から深い親しみがわきおこりました。「髪は唐《トウ》結びにたかく結いあげてギファ（簪）をさし、広袖のゆったりした着物の上に縫いとりをした厚ぼったい広幅帯を前に大きく結びいつも文机の前に正坐なさって、若い頃長崎で学んだオランダ語の本をツーピンシャラリーと読んで居られました」と母が度々話してくれた祖父の姿が、役者の姿と重なって、私に先祖の面影をおもい偲ばせてくれるのでした。

待ちかねた芝居は、歌と踊りと台詞からなる沖縄の歌劇で、まま母がまま子をいじめる筋書きでした。大柄な中年女がまま母に扮していて、髪を油で撫で付け、鬢と髱を張りかげんにした黒髪を頭の中央に束ね、大きな渦巻様に巻きつけた真結《マユイ》という琉球髷に結っていましたが、たいへんいかつくみえました。そして藍染めの琉球絣の着物をゆるやかに左前合わせに着て帯はせず、右脇下で下穿きにはさみこんだだけの琉装のウシンチー姿をしていました。主人公のまま子になる娘は小柄で目眉が黒々と揃い、笑うと白い歯並びとえくぼがほの暗いランプのあかりでさえきわだってきれいに見えました。そしてやはり真結の髷を心もち左に傾け、袖も裾も短い芭蕉布のティギャハギャギン（つぎはぎ衣）にミンサー帯を前に結んだみすぼらしい姿が哀れをさそいました。

扮装の整いにくらべて舞台装置は何も無く、二つの部屋の間の鴨居から吊り下げられた五分ランプの光が薄暗い灯かげを投げかけている畳の上で、その芝居は演じられました。台詞は全部沖縄方言そのままでしたので、私にはそのすべてをわかることはできませんでしたが、おおよその意味は理解できました。でも母は、みんなわかると言っていました。沖縄方言と奄美方言が似通っているせいでしょうか、役者の演技につれて見物人は笑ったり嘆息を洩らしたりしていました。まま母がまま子に焼火箸を振りあげていじめぬくくだりでは、老婦たちは思わず声をあげたり身震いをしたりして、

「アゲー《まあ》アゲー《まあ》チルグヮー《お鶴》　キムチャゲサー《かわいそうに》　ウヤヤクヮーノホチヤ《親は子を残しては》　シニャラムヤ《死ねないね》ー」

などと涙をながし、激した見物人のひとりは、

とまま母に向って怒号を投げる者さえおりました。

「バカ《馬鹿》アンマ《母親》　シニクラタイ《死んでしまえ》」

そして畳の上で演じられている芝居だということを忘れ、娘が額に焼火箸を当てられる場面では、自分の額に手をあててその痛みを思い、泣きながらその気の毒な娘にさかんに紙にくるんだ「はな」（祝儀の金子）を投げるのでした。沖縄芝居独特の発声による哀切極まりない声で、娘が亡き実母を偲び嘆き悲しみ歌うところで一幕目は終るのですが、幕があるわけではなく、役者のひとりが部屋の端から端へと幕引きのしぐさをしながら歩くだけで、見物人は幕が引かれた気分になるのでした。

この芝居は三幕ばかりのものでしたが、役者も見物人も心がひとつに溶けて慰めあう気分につつまれ、私も固唾をのみ小さな拳を握りしめて涙をたくさんながしました。

芝居が終っても見物人はなお興奮のなかにうっとりしていますと、座長が終えたばかりの扮装のままで出てきて、かくも賑々しく御来場戴いたことへの礼をのべ、また役者への過分なはなに感謝の辞儀をしたあと、明日の演し物を披露し明晩もまた是非とも隣近所おさそいあわせの上御来場賜わりますようにと挨拶を結ぶのでした。

この一座は五晩ほど興行を打って島を去りましたが、島の人々はおおぜいで海岸まで見送り、餞別の金子や黒砂糖、地豆の炒ったものなどをそれぞれ自分の気持を寄せる役者衆に手渡しながら別れを惜しみました。

「マタウモレョー《また来てくださいよ》」と手を振る島の人々の目の前から、束の間の興行を終えてまた次の場所へと移って行く、すっかり化粧を落としたふだん着姿の役者たちの姿は、さざ波のたつ入江をしだいに沖の方へ遠ざかり、なさけをこめてこちらと振り合っている手拭の細長い白い輪もやがて波間にかすんでいきましたが、その力強く打ちならしている沖縄太鼓の音と太三味線の弦のひびきは蒼い空と海の間にとよみ、役者衆の衣装にしみこんでいた香や化粧や肌のにおいが島の集落の上に残ってただよい流れ、当分の間は陽気にはなやいだ気分を人々の心に溢れさせていました。

剽軽者のバーアンマ（バー婆さん）は、蘇鉄の赤い実をテル籠いっぱい背負って山から降りて来たばかりでも、子供たちの呼びかけに気軽に応じて、テル籠の緒を額にかけたまま、

「ナハヌシューリーグヮ　ティンガラティンガラティンガラ」

と身振りもおかしく沖縄踊りの真似をして見せましたし、踊り好きなボーおじも私がせがむとすぐに裏庭の芭蕉の葉を折って扇子に仕立て、「上り口説」の一節を上手

に踊ってくれました。

女の子の遊びも芝居や踊りの真似でもちきりで、白い砂浜に集まっては組をつくり、大岩の広く平らなところを舞台にみたてて、

チルグヮ《お鶴の》　アンマヤ《母親は》　ナサケヌネェラム《愛情がない》
ママックヮ《まま子と》　ママウヤ《まま親の》
ミチクミンショレ《正しい道を歩みなさい》

などと高調子に歌いながら、互いに踊りや芝居の真似を競いあいましたが、その時みんなといっしょに覚えた歌の数々は幼い日の思い出とひとつになって、今も胸の奥ふかいところで遠い日の夢をささやきかけるのか、思わず知らず口ずさんでいることがあります。

# 旅の人たち

## 支那手妻の曲芸者

南の島とはいっても年によっては、旧暦の霜月師走にもなると、沖の方では珊瑚礁に砕ける白波を北風がたかく吹きあげ、潮気をふくんだ冷たい風が島をすっぽり包み、山の木々は末枯れた姿になって、庭のパパイヤの木も葉をすっかり落とし、寒さにこごえた実は熟するのを待たずに、ひとつひとつ落ちて落葉の上で霰に打たれている日もあります。そして夜になると梟の淋しい啼き声といっしょに夜寒が襟もとから胸のあたりにしのびこみ、足の爪先や踵は、月の光を受けて小川の底に沈む小石の肌のように冷えてちぢかむのです。

ちょうどそんな寒い冬の夜に広場で支那手妻を見物したことがありました。シナをこよなく愛していた父は日記を漢文で書き、漢詩をつくり、面白い言葉と音調で読んで聞かせましたが、私には「エン　ウィン　ハン　シャン　タオ」とか「シャーペンピン」とか言っているように聞こえました。また幼い私を膝に抱いて、遠いシナの国の不思議な物語の数々をして聞かせましたので、そのシナの国から来た人たちの演ずる支那手妻を見るのは、私には遠い親戚に逢うような親しい気持がしたのでした。

その夜母は私に木綿の節糸で織った、紺地に赤絣のはいった着物を着せましたが、それは裏庭に繁る藍の葉を水をはったハンドー（甕）に入れて腐らせ、石灰をまぜて色を冴えさせたその藍汁に、芭蕉糸で絣を括った糸を入れて染めあげたものですから、藍の香が未だふくふくと匂っていました。また締めた赤い帯も母の手染めでした。今はもうなんという木だったか名前も忘れましたが、遠い南の国から黒潮に乗って島の浜辺に流れついた寄り木の木片を煮出した汁で、父のお古の白ちりめんの帯を染め直してつくってくれたのです。深く沈んだくれないの色が心に染みるようでした。

羽織は、三角に切った布切をつぎ合わせた綿入れの袖無しを着せられました。三角はハベラ（蝶）のかたどりで人間の魂だと言われていますので、おそらく母は三角を縫いこんだものを常日頃私に着せることで、お守りのつもりにしていたのでしょう。

母は手織りの紫縞の袷に古代紫ちりめんの帯を前に結び、その上にこまかな模様を全部刺繡のように糸を浮き上がらせた、ハナウケ衣《ギン》（母がたくさんの糸を何回もそれぞれの色の濃淡に染めわけて、たくさんの綜《あぜ》と梭《ひ》を使って丹精をこめて自分で織りあげたものでした）を裲襠《うちかけ》のように裾長にはおり、「弓張提燈にしましょうかね、長柄の丸提燈にしましょうかね、それともミャー（広場）の地面に置いておくのは角提燈が坐りがいいかもしれません」などと言いながら床の間の横の押入れから四角な提燈を出してきてカマドに渡していました。それは木を四角に組み合せて黒く塗った枠に白い和紙が張ってあり、蠟燭をともすと持ち歩きの提燈になり、種油を入れた油皿の燈心に火をいれると室内での行燈になり、房飾りをつけると、お盆に精霊を墓まで送り迎えする時の盆燈籠にもなる便利なものでした。

提燈を提げて先に立ったカマドはコバの葉で編んだサバ（草履）を履き、白木ぽっくりの私と、草履表つきの駒下駄を履いた母の三人が、すこしせわしげに夜露の降りた庭を門の方に出て来ますと、いつもはひっそりと夜のとばりにつつまれているきん竹垣にかこまれた家々から、ころげるような子供たちの笑い声といっしょにさまざまな灯火が闇に浮かび出て来て、川面にのびちぢみの灯影を落としながら、小川に沿って広場の方へ急ぐのが幻の絵をみるように目にうつりました。月の出はなの薄暗がりを、いちじく型の舟ランプの暗い小さな燈心で足もとを心もとなく照らしながら行く家族もありました。子供が学校で使うノートを破って雪洞型にしぼり裸蠟燭を入れて消えるのを気にして胸のあたりにかかえこみ、足下よりも自分の頰のあたりを仄かに照らし出させてあぶなげに歩いている母親の袖に子供たちがもつれあうようにつかまりながら行く母子連れもおるかと思えば、また部屋に吊る大ぶりの角ランプを鉤からおろしてそのまま提げて来ている家族もありました。炎を消した燃えさしの太目の薪を一本ふりかざし火花で弧を画きながら進むフリマッ（振り火）の人はまるでふざけていたずらをしているように見えました。ヤマトチョウチン（本土風の提燈）を持って、一陣の風のように素早く人々を追い越し、かすかな蘇鉄焼酎の匂いだけを残していく人は、あれはきっとよそから来ているシュータ（役人）にちがいありません。

広場までくると体の底まで重く響く太鼓の音や耳に痛いほどのジンタの音がにぎやかに聞こえていて、入口にクチョウ（集落の世話係）のサネショキおじとイバン（集落の連絡係）のニジロあにが木戸番をまかされて立っていました。

「ヨーネヤ《今夜は》　ヤーニンジョヌ《家族が》　カワトゥン《変っている》チュンキャヌ《人々が》　マンドゥリバヤ《たくさんいますね》、サイ《斎》ウジ《おじ》ナアキャヤ《おたくは》　トゥジヌ《奥さんが》　ユタリジャヤ《四人ですね》」

などとニジロあにはからから笑いながら木戸銭を受け取っていましたが、木戸銭は一世帯あたり十五銭のきまりになっていて、十人家族も一世帯なら、独り暮しも同じ十五銭を払わなければなりませんでしたので、十人家族のサイおじの処には、隣の独り身のナーナーあねもやもめ暮しのタルメおばも、八十五歳のバーアンマもみんな、

「ヨーネヤ《今夜は》　ナアキャ《お宅の》　ヤーニンジョド《家族ですよ》」

と自分たちで合流して来て、サイおじもまた十人も十三人もどうせ同じことと言って、

「ウモリンショレ《いらっしゃい》　ウモリンショレ《いらっしゃい》」

と一緒につれだって来たのでした。また面白いことには広場は四筋の道が集まっているのに、その一個所に木戸口が設けられてあるだけで、あとの三方は別に仕切りもせず見張り番に誰かが立っていたのでもないのに、即席家族をつくりながらもみんな遠廻りをしてでも一応きちんと木戸口を通って入場していました。広場には篝火があかあかと焚かれ、黒い塊のように地面に坐った見物人の人たちと、立ったままの支那

手妻の一団を、そこだけはあかるくはなやかに照らし出していました。

月が神山の端を朧に照らし木々の梢のかたちをくっきり浮かびあがらせたころ、待ち侘びる見物人の前に、上下にわかれたシナ服を着た二人の女の子が互い違いに手を入れた上衣の袖を前にさし出し、首をかしげるようにしながら進み出てきました。前髪を垂らした幼い面ざしには不均合いな濃すぎる化粧をして、ころがってきた玉に飛び乗ると耳飾りの珠玉が小さな耳朶で揺れていました。赤い服の片方の子は強く唇を結び勝気そうな切れ長の目を宙に凝らして赤布の靴先で玉に立ち向うかのごとく、もうひとりの緑色の服の女の子は緑色の靴をはいた小さな足を軽々とさばき、まるで玉にくっついてでもいるかのように巧みに乗りこなし、微笑をたやさず細い腕を小鳥の羽ばたきさながらに動かしなどして、見物人たちに愛嬌をふりまいていましたが、心根のやさしそうなその子がなぜか淋しげに見え、年端のいかないその姿がなんともいえない哀れをさそいました。

男の人たちは火の輪をくぐったり、刀を呑んだり、箱に寝た女の人を鋸で切断したりするこわい演技をたくさん示しましたが、私は恐ろしくてなるべく見ないように母の膝にうつ伏し、「こわいところはもうおわったの」と言いながら体を震わせていました。

恐ろしい演技がやっと終ったあとは、一人の若い女の人がにこやかにほほえみをたたえながら出てきました。前髪を垂らした長い黒髪を三つ組に編んで、翡翠の耳輪のゆれる左右の耳のうしろで巻いて止め、花飾りをつけていました。裾の割れた桃色緞子の長衣も均合いのとれた身体にほどよく馴染んで、肩からかけた蟬の羽根のような布がいっそう若い美しさをひきたたせていました。微風にさえ煽られそうな薄絹に私はそっとさわってみたいなどと思いながらみとれていますと、しなやかな指のうごきにつれて肩かけはいつしか一羽の白い鳩にかわってしまいました。

その女の人はまた胡弓にあわせ澄んだ声でやさしく歌もうたいました。歌詞の意味は全くわかりませんでしたが、涙をさそいこむ調子が沖縄芝居の悲しい歌のふしまわしに似ているとも思われ、まといつく余韻と歌い手の姿をいつしか中天高くかかった寒月が青白い光でつつみ込み、人々はうっとりとした気持にいざなわれていくようでした。

さてその次には十歳位の男の子が二人出てきました。別々にみると全然区別がつかないほどによく似ていましたからきっと双児かもしれません。黒繻子の木綿服は肘のあたりに継ぎ当てがしてあり、ズボンの膝のうしろは蛇腹のようにたくさんの横皺がよりその分だけ膝頭がふくらみ、足がそのあたりで前曲りになってみえました。髪の毛はみんな剃ってあるのに、額のあたりにひとつかみだけ残しているのが不思議に思えましたが、相手のそこのところを握り合って二人はもつれあいながら呼吸のあった曲芸をさまざまに演じました。

そのしなやかな身のこなしは骨を抜かれて筋肉だけになっているのではないかと思えるほどに前に曲り後に反り頭と足がからみあい、またある時は二つの肉体がひとつの毬のようにまるくなってかすかな砂ほこりをたてながら地面をくるくるところがりました。そしてひとつの演技が終る度に足を前に高くあげて自分の頭を蹴るようにしたあと、右手で額に残った髪の毛を引っぱってお辞儀をするしぐさを繰返してにっこり笑いました。あれほど激しく動き廻ったあとなのに息の乱れひとつ見せず、透き徹るかと思えるほどに夜目にも白い頬をいくらか紅潮させただけで、篝火の前にすっくと立った姿は少女のようにたおやかに見えました。

袂をそっと引く人がいるのでふりかえると、友だちのイサグヮが頬をくすぐる程にも口を寄せ、声を低めて、

「シナテズマヌ《支那手妻の》　クヮンキャ《子供たち》　ヤ《は》　グスト《みんな》　チュウサライヌ《人さらいが》　サラティ《さらって》　ウタリ《売ったり》、ビ《貧》ンボウヌ《乏な》　ウヤハラ《親から》　ウラッタン《売られた》　クヮンキャチュッドヤ《子供たちですって》、キムチャゲサヤー《かわいそうにね》」

とささやきかけましたので私は思わずどきりとして傍のカマドをふりかえったのでした。

実はカマドも同じような身の上の少年だったのです。カマドは沖縄の離島である久高島の生まれで、貧しい両親はカマドが十歳の時に沖縄本島の糸満の漁師の親方に金で売り渡し、それから五年の間何人かの親方たちに品物のように売買されながら同じような仲間たちと一緒に来る日も来る日も海中深くもぐっては魚を捕えたり珊瑚を採ったりする漁を強いられたとのことでしたが、獲物の少ない日は食事がもらえなかったり、火焙りなどのひどい折檻を受けたということでした。ちょうどひと月ほど前に気を失うまでの責め苦にあい耐えられずに、その夜山道を逃げのびてかねて名前を聞き知っていた私の父のところへ救いを求めて来たのでした。二、三日してからカマドの居所を突き止めた親方が巡査を頼んで連れ戻しにやって来ましたが、父はカマドの身代金を渡して決着をつけ、カマドはずっと私の家に住むことになったのでした。

カマドはイサグヮの言葉が聞こえたのか聞こえなかったのか、支那手妻の少年の方を向いて屈託なげに笑っていましたが、私は胸がどきどきと波立ちなかなか平静に戻ることができませんでした。そして支那手妻の少年たちは篝火の後に立てられた板の前にやさしい様子で立ち、両手をひろげて並んだ姿は絵本で見る燃える火中の殉教者のように輝いて見え、その体の形をなぞるようにさっきの女の人がきらめく両刃の短剣を次々に投げ立てておりました。

# 旅の人たち

## 赤穂義士祭と旅の浪曲師

　私が小学校に通っていた頃は、毎年旧暦十二月十四日の夜に赤穂義士祭の行事が小学校で行なわれることになっていて、生徒たちにとっては一番待たれる楽しい行事でした。学校の行事にもいろいろあり、運動会は賑やかでしたが、その準備のために放課後も毎日暗くなるまでかけっこや競技の練習をしなければならず、いよいよその前日になると蘇鉄畠で切ってきた蘇鉄の葉でアーチ門をこしらえたり、半紙に万国旗を画いて校庭に飾ったり、浜から白砂を運んできて運動場に敷きつめたり、いろいろ面倒なことをしなければなりませんでした。

　また学芸会も楽しいことではありましたが、一ヵ月も前から放課後はもちろん夜も

毎晩劇や唱歌や遊戯の稽古を続けるのですが、劇の科白を間違えると先生が四尺位もある長い竹の教鞭で頭をこつんと叩いたり、「熱心さが足りないからだ」と叱ったりしましたので、とかく気骨が折れました。一週間前には自分の役にふさわしい衣装を整えることになり、乙姫さまの役をする人はノロ神さま(沖縄、奄美の土俗信仰の神女)のきんきらきんの胴衣《ドギン》を借りてきたり、浦島太郎役の人は山へ行き棕櫚の葉の渋色の網皮を剝いできて、髪の毛にみせかけたかつらをこしらえたりしました。私は竹取物語のお爺さん役の時、顎髭に牡山羊の髭を切って紙に張りつけ、それに紐を通して耳に吊ることを思いつき、女の子同士十人位が連れだって、丸太棒と鋏を持って、顎髭のながい白山羊を探して小屋小屋を巡り歩いたことがありました。山羊の食べ残した草の塊のうむれた匂いと糞の青臭いにおいが鼻をつく山羊小屋に、角が巻くほども長い大きな牡山羊をみつけ、一人が丸太棒でその角を突くと、山羊は怒って両の前足を高くあげ、闘争の相手に立ち向う時のようにその鋭い角を振りかざし「がぼっ」と激しい勢いで丸太棒に突っかかってくるので、敏捷に身をかわさないと危険でしたが、何回も繰返すうち、山羊の注意が丸太棒にだけ集中したとみるや、うしろにそっと近づいていた二人が後足を握って引き倒し、すかさず呼吸を合わせた五、六人がその上にのしかかって抑えつけました。角も二人がかりでしっかり抑え、鋏で顎髭を切りかけると山羊の青い瞳がじっとこちらをみつめるので私はかわいそうになって涙がこぼれかかりましたが、なるべくその目を見ないように切り取ったのでした。山羊の顎にくっついている時には油をつけたようになめらかな手ざわりがありましたのに、切り取って掌にのせると、それはただごわつく白い細長いひとつかみの物体となってしまいました。

巻いた角と長い顎髭で周囲の山羊たちに君臨していた威厳に満ちた大山羊は、髭を失いすっかり間の抜けた顔つきになり、しょんぼり立って無体な突然の闖入者たちを見送っていましたので、私たちはひとりびとりふりかえっては「クネレョーヒンジャッグヮ（かんべんしてくださいよ、山羊さん）」と言って詫びました。一匹の山羊からはひとつかみしかとれませんので、何匹かの山羊にひどいおもいをさせ、中には角を突くつもりが眉間を強く突きくるくる舞いを始めたのでびっくりしたのに、そのあと四本の足でしっかり立ちなおってくれたので、ようやく胸なでおろすようなこわい思いをしたこともありました。

そんなさまざまな準備やつらい思いをせずに、その晩だけを充分に楽しめる赤穂義士祭が何と言っても一番楽しいものに思えてなりませんでした。義士祭の夜には、義士銘々伝を聞いたあとに吉良上野介に扮した先生を付き人の高等科生が守って、集落じゅうの家々の物蔭や山羊小屋、豚小屋等に隠れひそむのを、大石内蔵助に扮した先生の指揮で全校生徒が探し廻って首を討つという趣向の催しがあったり、月の浜辺で「吉良の首探し」をしたり、夜を徹して遠足を行なったり等いろいろ楽しいことがいっぱいでした。

春の初めから夏の間じゅう吹いていた南風が秋になって北風にかわって、いつしか野山の芒の穂が白く靡く旧暦十一月の頃にもなると、夕方などはうすら寒く、夕焼雲に乗って渡り鳥の群れが列をなして南の遠天に小さくなってゆくのが毎日のように見られるようになります。渡り鳥が来ればやがて義士祭の間近い事を思い出して、子供たちは義士祭の歌を歌ったり、旅の浪曲師の口真似をしたり、義士ごっこをして夕方暗くなるまで広場や道筋で遊びほうけるのを常としました。また南の島に渡ってくる旅の浪曲師や講釈師が、小学校の教室を借りて浪花節や講談を語り、人々を楽しませてくれるのもその頃でした。なかに毎年のように巡って来て馴染み深くなった浪曲師がいて、島の人々は「オータさん」と呼んでいました。

義士祭の夜が来ると、集落の人々は未だ西の空にたそがれの雲が瑠璃色の残照を棚引かせているうちに晩の食事をそそくさとすませ、学校へ通っている子供のためには夜中の遠足用に弁当をこしらえ、家族揃って小学校へと急ぎました。

小学校では二つの教室の仕切り板戸をはずし、机や椅子は廊下に積みあげ、俄造りの講堂がこしらえてありましたので、人々はその床板の上に膝をつきあわせて坐りました。黒板のある前の方には祝祭日や学芸会の時に張る、だいぶ黄味がかってあちこちに染みのついた白木綿の幕が張られ、同じような白い布をかけた教壇の前のテーブルの上には、仄かに明るい据えランプが、朱の琉球塗の丸盆にのせた急須と湯呑み茶碗とともに置かれていました。

すっかり白髪になった髪を五分刈にして、黒の詰衿服に痩せて背の高いからだを包んだ押井《オーイ》校長先生が教壇に上り、赤穂義士祭の由来や忠義の教訓を、島言葉の訛りをあらわにゆっくりした口調で長々となさるので、生徒たちは板敷に坐った足はしびれ、欠伸が出て困りましたが、やがて五、六年の受持の祝《イワイ》先生が講談本を持って大きなからだでどっかと教壇に上って来たときに、はっとして目が覚めたのでした。

祝先生は「義士銘々伝」の中の「大高源吾」を語り始めました。本を見なくても殆んど諳んじていて、旅の講釈師そっくりの口調で、身振りや手振りもおもしろく、大高源吾が討ち入り前日に雪の路上を煤竹を肩に売り歩くありさまを目にみるように語りました。その若々しく整った顔を紅潮させながら、大きな肩に煤竹をかついで売り歩くしぐさをして見せた時などまるで先生自身大高源吾になってしまったかと見えるほどでした。

次に高等科の受持の井《ワカシ》先生の番になりました。師範学校を卒業したばかりの井先生は、背が低くいつも黒の詰衿の服の肩や袖のあたりに白墨の粉をいっぱいくっつけ、廊下ですれ違う生徒に友だちのような言葉をかけましたから、みんなが馴れ慕っていて、その番になると期待で目を輝かせましたのに、井先生は早口でしゃべりまくるだけで、唇のあたりにたまる唾を手拭で絶えず拭きながら始終講談本へ首をうごかすので落着きがなく、聞く方までも気ぜわしくて折角の「堀部安兵衛高田の馬場」の場景や討ち入り当夜の目覚ましい戦い振りもぜんぜん興が湧きませんでした。

続いて痩せて小柄な体の浪曲師のオータさんが、色あせた黒羽二重の紋付に折目のくずれた仙台平の袴をはき白足袋に草履ばきの姿でゆっくりと壇上にあらわれると、聴衆は息をつめて彼の一挙一動に注目しました。ランプの灯がまたたきオータさんの髪の毛のなくなった前頭部のあたりを照らし、高い鼻筋の両横から口にかけて流れる二本の皺がふかく目立ってみえました。時折長い眉毛がランプの光で白くひかり、厚いまぶたはほほえむと瞳にかぶさってしまうようでした。後頭部にだけ生えた白髪が首筋を覆い着物の衿にかかっていました。オータさんは落着いた様子でもう冷えてしまったお茶を湯呑みに注ぎ、ひと口含むと胸を張り両肘をテーブルにつっ張るような格好で朗々たる声を張りあげて語り出しました。

「主君《きみ》の恵みにくらぶれば、富士の高峯も高からず、髪の毛よりも軽ろき身は、死すとも何か惜しからむ。恨みはつもる雪の夜に、主君《しゅくん》の仇をかえしたる四十七士の物語り、聞くも勇ましいざ来たれ。歴史に残る忠と義の名は高輪の泉岳寺、並ぶ石碑にむす苔の昔語らん人々よ。頃は元禄十四年、勅使幕府に参向の大礼ありて接待の役目は伊達氏と浅野氏。浅野内匠は思わずも、吉良上野の侮りを、受けて蒙る身の恥辱、悔めど甲斐もあらばこそ。早堪忍もこれまでと、吉良をめがけて斬りかかる。刃《やいば》は額を傷つけて、血は殿中に流れたり。吉良は諸人に救われてその場を逃れ得たれども、逃れぬ罪は浅野にて、果かなく死をば給いける。ここに一人の国家老、大石良雄内蔵助、轟く胸を押し静め、衆を集めて議しけるが、集まる藩士は三百余、城を枕に討ち死にし、いささか主君《きみ》に報ぜんと、義気に逸らぬ者ぞ無き。はやる血気を押し静め、良雄静かに言いけらく、われ聞く君の辱め受くる時には臣死すと。されど死するはいと易く、生くるが難き習いなり、主君《しゅくん》の家は不幸にも、ここに一度絶えたれど、主君《きみ》の御舎弟大学のなお世におわすなからずや、幕府に乞いて浅野家の政治《まつり》を継がせ申すべし。遠謀深慮の大石に誰かは異議をはさむべく、ここに浅野家再興の、願いは江戸に差し出しぬ。されども遂に赦されず、仇の吉良は目の前に栄華を極め居りしかば、如何で心をやすむべく。一時の汚名忍ぶとも積る恨みの吉良の首、討ちて止まんと固めたる、焼けた心ぞ是非もなき」

赤穂義臣伝の序節はオータさんお得意のところで、張りのある声と節まわしの見事さが相俟って、いつ聞いても胸がわくわくする程調子よく、学校で習った義士祭の歌とも似ていましたので、三年生の私でさえすっかり覚えこんでしまい、いつでもそれを真似てそらんじることができました。そして生涯忘れることのできないものとなったのです。

次いで物語りは本筋に入り、赤穂浪士四十七人が艱難辛苦の果てに、主君浅野内匠頭の仇の吉良上野介の首を討ち取って高輪泉岳寺の墓前に供えるまで、聞く者を或る時は笑いへいざない或る時は涙を催させ、手に汗握る展開は二時間もぶっ通しで語られるのでした。

床板の上にじかに坐っているので節穴や隙間から冷たい風が吹きあげ、足は冷えてしびれてきました。校長先生の話からはもう四時間以上もたっているのです。大人も子供も初めのうちこそかしこまって正坐していましたが、やがて横坐りになる者がふえ、男の大人の中には衆人の中で不謹慎にもあぐらをかく人さえも見受けられました。赤ん坊と幼い子は母親の背中や膝の上で寝込んでしまいました。しかしその間も微動だにしない母の側にいる私は、ときどき腰の重心を右の足にかけたり、左の側に移したりして、足をくずさない工夫をしなければなりませんでした。私の家では父も母もどんな時でも足をくずすことはありませんでしたので、私も物心つく頃から躾られて馴れてはいましたが、足の坐りだこの所が痛みました。でも浪花節に聞き入り苦痛とも思いませんでした。

オータさんがひときわ声を張りあげて「歴史に残る忠と義の赤穂浪士の義挙、まずはこれまでー」と語り終えたとたんに、静まりかえっていた講堂の中は、嘆息や咳やつぶやきがいちどにおこって人の気配で満たされました。

集落の人たちが貧しい財布の中からそれぞれ分に応じて精一杯の心をこめて持ち寄った金子が、水引き代りに赤インクの印をつけた半紙に包まれ、紫地に白い矢羽根模様のある着物に紺の袴を胸高に着けた若い女の先生が、小さな黒塗の盆にのせて両手で捧げるようにオータさんに渡した時、どよめく拍手がおこってみんなのお礼の気持があらわされたのでした。

そのあと膝までの短い着物を着た生徒たちは月の光の満ちた校庭に並びました。いよいよ吉良上野介の首探しの行事に出かけることになっているのです。

生徒たちは母親から渡された弁当を身につけ、砂糖黍を一本ずつ持ちました。男の子と女の子では風呂敷包みの背負い方がちがっていて、大きなおむすびを一箇くるみこんだ風呂敷をうごかないよう両端を芭蕉の紐でしっかり結び右肩から左脇にななめにかけて胸のところでゆわえるのが男の子で、女の子は小さなおむすびをいくつか横に細長くならべて風呂敷に包み、腰に結んだしごき帯の上に前廻しにゆわえて持ちました。

しかし高等科生になると伊達ぶって、男生徒は風呂敷の結び目を手首に通して小脇にかかえ、女生徒たちは胸にかかえ持ちましたが、いずれも着物を長めに着ていたのでどことなく大人ぶってみえていました。みんなが大人の背丈より長い砂糖黍を持ったので、校庭はたちまち砂糖黍の林ができました。砂糖黍は遠足には欠くことのできない持参物で、その汁は水の代りにも、お菓子や果物の代りにもなりました。山坂道を登る時には杖になり、恐ろしい毒蛇のハブを防ぐための護身の役にさえたつ便利なものでした。

女の先生を先頭にその受持の一、二年生が一番前を歩き、その次は校長先生が自分の受持の三、四年生を引率し後尾に祝先生の五、六年生、井先生の高等科生と続いて校門を出ました。岬に向う浜沿いの小道をしばらく行ってから、隣の集落の呑之浦に続く坂道へのぼりにかかります。

私たち全校生徒と言っても二百人ぐらいの数でしたが、自分たちには大集団のように思え、この大人数が砂糖黍の槍や薙刀を持ってこれから吉良邸へ討ち入るのだという気持になり、義士祭の歌を意気軒昂と歌いながら山道をものともせずに登っていきました。

恨みは積る雪の夜に
主君の仇をかえしたる
四十七士の物語り
聞くも勇ましいざ来たれ

井先生の先導で声張りあげて歌う生徒たちの声は、谷あいの木々の濃い青紫に木霊して、月の光に染まり紫紺の大交響曲になってかえってきました。

月光が木の葉を洩れて光と影を織りまぜているつづら折れの坂道を登りつめたところに小さな峠があり、そこまで来るとさえぎるもののなくなった月の光は急に明るくなったように思え、丸く広がった入江が底深く沈むように横たわってみおろされました。行く手の呑之浦は深く入り組んだ細長い入江で峠を越えてから浅い谷川に沿った粘土道をしばらく下らなければなりませんでした。

やがて到着した呑之浦の汀は海というよりはまるで山の中の湖のように静まりかえっていましたが、その汀沿いの小道を岬の方へしばらく行った砂浜で行列の歩みは止まりました。

「解散」

井先生の大きな声を聞くや否や「うわーっ」とばかり生徒の列はたちまちのうちにくずれておもいおもいに散り広がりました。途中大声で歌いつづけた生徒たちはみんな喉がかわき、すぐ砂糖黍にむしゃぶりつきました。竹のような堅い表皮を奥歯でしっかりくわえ、両手で黍を引っ張るとしゃきっと白い中味がはがれ、それをがっきり嚙み折ってしがむと、白い鬆の中から甘い汁がこぼれおちるほどたくさん溢れ出て喉もとをやわらかく通っていきました。

「弁当ひらけ」

先生のその号令が追いかけるようにしてかかると、生徒たちはそれぞれ岩の上や砂浜の上に腰をおろして風呂敷包みをひろげました。バナナの葉に包んだ大きなおむすびを両手でかかえて素早く頰ばっている者、おむすびを砂の上に落として騒いでいる者、砂糖黍をふり廻してチャンバラをしている者など大さわぎをしながらお弁当を食べました。

私は父が「オペラバッグのようだ」と言った手提げを持って来ていました。それは母が余り布で縫い細竹を火であぶって丸く曲げた吊り輪がついていましたが、その中に小さなおむすびがふたつと黒砂糖のかたまりが洋半紙に包んではいっていました。おむすびは旧暦三月三日の節句によもぎ餅を包んで蒸すサネン芭蕉の細長い葉を二枚重ねて包まれていました。御飯が未だ湯気のたっているあつあつのうちに包んだせいでしょうか、内側の葉は蒸されたように柔らかくなって緑色が黒ずんでいるのに、外側の葉はしゃきしゃき勢よく跳ね、色も艶やかな緑で中程の芯はうす紅色に冴えていました。サネン芭蕉の葉は香りがたかく白い小さなおむすびは香を焚きこめたように香ばしい匂いを放っていたので、それを食べた私もお節句の雛人形みたいに香が焚きこめられた気持になりました。漬けて間もないイギス（煮て味噌漬にする海草）やマベ貝（奄美大島周辺にいる大きな真珠貝）の貝柱の味噌漬には未だ磯の香も残っていて、私は砂浜の渚近くの岩に腰かけてそれを食べながら、未だ海の中にあった時の姿を思い浮かべて少しすまない気持になりました。水のかわりに砂糖黍の汁もしがみ出しました。周囲を見廻すと、長い薙刀のように先の彎曲した砂糖黍の端に取りついている一年生の女の子や、木刀位になったのに取り組んでいる者、また火吹き竹位になったのや、もう小刀位に短くなっているものなど、それぞれの格好で砂糖黍をしゃぶっているのが目につきました。そして先生方の中には一緒にお弁当の仲間入りをしているオータさんの姿が見えていました。

「弁当が終ったら吉良上野介の首探しを始める。首は山の方にはないから、山の中へは行かないようにせよ。海岸のあたりを探せ、いいか。では始め」

先生の命令が出て、その夜の行事の最高潮にはいると、生徒たちは意味をなさない声をあげながら思い思いに散らばって首探しを始めました。葉に小さな棘の多いアダンの生えた奥まったところは怖くて、女生徒たちは汀に近い砂浜のあたりを砂糖黍の先で掘り返しながら探しました。首をみつけた人は後で祟りがあると言われていたので、内心では手応えを恐れながらそっと砂の中へ砂糖黍をつきたてていました。そんな事には頓着のない男生徒たちは、アダンの木の群生の下をかいくぐったり野茨の絡んだユナギの木へよじ登ったりしてすばしこく駆け廻っていました。咬まれたら早くちゃんとした手当をしないと、やがて死んでいかなければならない恐ろしい毒蛇のハブも冬の間は、よほど暖かな日でもない限りは穴の外には出てきませんでしたので、叢や山裾の灌木の繁みの中でもみんな割合平気でした。

「吉良上野介の首討ち取ったり」

遠い処で気取った声がしました。呼び笛がけたたましく鳴って、みんないっせいに声の方へ駆けて行きました。人里離れたタハンマの海辺の松の大木に抱かれるようにして建っている粗末な一軒家の近くにそれは埋められてあったのです。

高等科二年生の男の子が首を砂糖黍の先に突きたてて高々と掲げていました。棕櫚の網皮でこしらえたチョンマゲのかつらに白い砂が被ってちょうど白髪に見え、白い紙で作った顔には目や鼻や口が画かれ赤い血の跡まで塗りつけられていて、月の光を受けた青白い形相は生々しくてほんとうの首かと思われるほど無気味でしたから、恐ろしくて掌で目を覆った私はその場にしゃがみこんでしまいました。先生や生徒たちに大騒ぎで取り囲まれたその生徒が得意げな声張りあげて何かしゃべっているのが耳にざわざわとささりました。井先生の音頭で生徒たちは「ばんざーい、ばんざーい、ばんざーい」と叫んでいました。「早くしろ、早く、早く」と大勢が口々に言っているので目をあけ立ち上って恐る恐るそちらを見ると、着物の前をはだけ、砂浜にあぐらをかいたその手柄の生徒は、首を据えてしきりに引きむしっているところでした。そして首の中からいろいろな物をつかみ出してはみんなに見せているではありませんか。みんなはその度にどよめきの声をあげるのです。

怖いもの見たさの私はそろそろとそばに近づいて行きました。首に仕立てていたのは、バレーボールの革の外皮だったのです。その中にはノートや鉛筆、墨、筆、半紙等たくさんの学用品が入っていて、それらは全部その生徒が貰えることになっていました。みんな興奮していました。私はさっき砂糖黍の茎に突き刺されていたむごたらしい首がまぶたに焼き付き、言いようのない気持になっていました。でも吉良上野介は憎まなければいけない、赤穂浪士たちにあんなつらい思いをさせたのだから首を斬られても仕方がないのだと懸命に自分に言い聞かせました。

呼び笛が鳴るまでは自由行動をしてよろしいということになったので、イサちゃんを誘った私は渚伝いにティファザキの岬の方へ歩いて行き、海に突き出た広い岩の上に腰をおろしました。二人は黒砂糖の小さな塊を分け合って口に含み甘い香りと舌にとろける味を噛みしめながら、いぶし銀色の波間に遠く漁火がのびちぢみしてまたたいているのを見ていました。

肩に人の手を感じぎくりとふり向くと、オータさんが立っていました。そして「おどろかせてごめんなさいよ」と言いながら私の横に坐りました。しばらくのあいだ三人は黙って沖をみつめていました。静かな入江の海面をぱしっと音をたてて大きな鱶が飛び上りましたが、すぐまたもとの静かな海面にかえり、やがてすこし離れた処でその白い腹皮をみせて飛びあがるのが見えました。何という魚なのか大きな黒い背中を海面すれすれにうねらせながら一群れになってすぐ手の届きそうなところを泳ぎ去っていきました。沖の海面に蛍火のような青白い光が散っては光り光っては散りしているのは、海の中にかくれた珊瑚礁の先に波があたり夜光虫が一斉に散っているのでしょう。昼間は固く殻の中に閉じこもり岩の裂け目や石の下に姿を隠しているスビッグヮ（宝貝）やブトゥ（巻貝）やグドゥマの貝たちも、きれいな月の光に華やいだのでしょうか、少しの恐れ気もなくその姿をあらわし、大きな貝は大岩の上を、小さな貝は小石の上をそれぞれ殻をふりふりゆっくり這い歩いていました。蔟《まぶし》に上る前の蚕のようにからだが透けている上品な小蟹や黒褐色のぶざまな舟虫もちろちろとせわしげに駆け廻り、じっとしている私の膝の上に這い上ってくすぐったく手の甲から着物の袖口の中にまで入ってきました。二羽の浜千鳥が優しい声で啼きながら長い尾をふりふり岩の端を連れだっていきました。「千鳥も二羽連れか」オータさんがそんなことをつぶやきましたので、私はけげんな顔を向けますと、口をなかば開いてぼんやり浜千鳥の行く方を見ていたオータさんは急にほろりと涙を流し、あわてて懐から手拭を出して拭きました。白髪の老人が月の浜辺でこぼす涙を見て、私はどうしていいかわからずに黙ってその姿をみつめていますと、「月と海があんまりきれいなので、ついしんみりしてしまった」と淋しそうに笑っていました。

かすかに呼び笛の音をきいた三人は、立ち上って急ぎ足に元の浜辺へ引き返しました。

「ここで解散するが、低学年生はなるべく先生と一緒に帰るように」と言う注意を先生から受けたあと、大股に歩き出す上級生に遅れまいと、低学年生は我先にと小さな裸足の足裏をみせて駆け出し、先生たちもどんどん先に歩いて行ってしまいました。足弱でずっと遅れた者はそれぞれ三、四人ぐらいずつ連れだってゆっくり歩いて行きましたが小さな島のことで万事につけてのんきでしたから、先生たちも遅れた者を別に気にかけるふうでもありませんでした。

私とイサちゃんはあとからゆっくりついてくるオータさんといつとはなしに並んで歩いていました。来る時には列を組み歌を歌いながら何時のまにか着いてしまいましたのに、帰りはなぜかなかなか道程が捗らず、渚沿いの道も曲りくねっていて思いの外に長く、道端の蔓草に足をとられたりしながら歩いて行きました。

ようやく峠への道にさしかかったあたりは、上の山と下の崖の両側から松や椎の大木が枝を交叉させ、暗く長い穴の中を歩いているような気持になりました。太い木の根っこの瘤が道を横切り坂道にでこぼこの階段をこしらえていて、私たちはたびたび躓きそうになりながら、木々の枝のトンネルを抜け、澄んだ流れの音をあたりに響かせている谷あいの小川に着きました。私とイサちゃんはその辺に生えているつわ蕗の葉を取ってじょうご型をつくり、蘇鉄の棘でとめて即席のコップにして、清水を掬ってこくんこくんと何杯も飲みました。つわ蕗の葉の匂いが冷たい清水に溶けて一緒に喉の奥へ流れ込みからだじゅうに浸みて行きました。

谷川を渡ったあとの峠へ続く道は赤土道で、裸足の足裏にひんやりと赤土の柔らかな肌が触れ、大宝貝で練った滑らかな芭蕉布の上を歩いているようないい気持がしましたが、すぐまた、ごわつく堅い岩だらけの道になってしまいました。でも私は父や母と一緒でない時は履物をはかず裸足になって海岸や山道を友だちと走り廻っていましたから、尖った岩の上でも平坦な道とかわらず、ぴょんぴょん跳ねて登ることができました。

峠に着いた時には生徒の一団のざわめきははるかに下ったあたりからかすかに聞こえたり跡切れたりしていました。「すこし休みましょうか」と息切れのしたオータさんが立ち止って言いましたので、私たちも一緒に腰をおろして休みました。その頃の子供は海岸や山の中が遊び場でしたから、まるで自分の庭のように自由に駆け廻っていましたので、私もイサちゃんも峠の道を横に入ったところに甘木があるのを知っていました。二人は勝手知った灌木や蕨の茂みをかきわけてずんずん入って行き、甘木の小枝を手折ってきて、「この木の葉は甘いですよ」といってオータさんにもあげますと、オータさんも私たちがするようにすべすべの丸い小さな葉を指先で次々に摘んで口に入れてしがみました。青くさい葉の匂いと一緒に甘く渋い汁が出てきて舌の上に浸みていきました。私とイサちゃんはしがんだ滓を手に受けて崖の下へぽいと投げつけてはその甘く渋い葉を何枚もしがみましたが、オータさんは一回ためしただけでした。

三人は言葉を交さずにそれぞれ峠の下に見える入江をみつめて坐っていました。入江が開けて海峡へ連なる海の向うには大島本島がゆったりと横たわり、くろぐろと牛の寝ている姿に見えました。突然足もとのすぐ近くで「ちょろんちょろん」と小さな虫の鳴き声がしました。すこし離れた叢から「きりきり、きりきり、きりきりきり」と高い虫の声も続き、それに誘われてか、たくさんの虫がいっせいにあちらこちらでそれぞれに違った音色で鳴きだしました。島では夏も冬も年がら年中朝顔や菫の花が咲くように、虫たちもまた年がら年中清澄な夜の空気の中で、その薄い翅をふるわせてはきれいな声で鳴きました。岬の松籟の響きも海風に乗って伝わりました。月はもう西山に傾きかけ満天の星が降るようにまたたいて海と空がすぐ届きあいそうに近くなって見え、私は父に聞いたお話の、星になった人魚のお姫さまが海に降りて来るのは、こんな空も海もきれいな静かな晩ではないのかしら、などと心の中で優しい気持になっていました。

オータさんが浪花節できたえた低い声でぽつりと、「さっきはいきなり涙など出してごめんなさいよ」と言いました。私はお家へ帰りたくなって浜辺で泣いたのでしょうと思い、「おうちへ早く帰りたいでしょうね」と慰めますと、オータさんは頭を左右にゆっくり振って、「帰るおうちはないんですよ、家族は私一人だけです」と衿もとへ手をやり首筋にかけた紐を引っぱって、古ぼけてくちゃくちゃになった小さなお守り袋をとり出しました。「これはね、おじいさんのつれあいの形見なんですよ、二十年も前に死んでこんなに小さくなっちまったんです」と言いながら両の掌にはさみ、「なむあみだぶつ、なむあみだぶつ」とおがんでまた懐に納めました。両手を引っこめた両袖を胸にあわせ、さっきのお守り袋を暖めるかのようにしてうつむいたその面長な顔には、額と鼻の両わきに深い二本の皺がきざまれ、口をつぐんで目をとじたその姿は、とても悲しそうに見えました。世の中のことは何も知らない子供の私ながら、帰るおうちもなくひとりぼっちの旅をしているこのおじいさんがなんだか気の毒になってきてじっとその顔をみつめると、「ああ、あんたは優しい子だ」と言いながらおじいさんは私の小さい手を自分の両手で優しく包みました。柔らかいおじいさんの掌で夜気に冷えた私の指はあたためられ、二人はすっかり仲良しになれたような気持になりました。イサちゃんが「ミホちゃん、ムンウメカタ（物思うね）」と言って私をみるので思わず「ヨーリッグヮシュールィ（だまっておいで）」と言ってたしなめてしまいました。

うしろの山から、「クォホー、クォホー、クォホー」と梟の声がしてきた時おじいさんは、「もうあとからくる人は一人もいないようだから、わしたちがしんがりらしい。そろそろ行きましょうや」と言って立ち上って歩き出しました。私はおじいさんが逞しく歩いているのだとばかり思っていましたのに、その小柄な後姿は背中をまるめ前かがみになり、足の運びは、こまかくちょこちょこしていました。

ひたひた、ひたひた、ひたひたと赤土を踏む三人の足音で目を覚したらしい山鳥が、時折頭の上の木の枝で大きな羽ばたきをたてて三人を驚かせました。うす暗い木の下蔭の道を歩いていた時、私は右足の小指に激しい痛みを覚えて思わず、「ハブに咬まれた！　死ぬ！」と叫んで立ちすくみました。おじいさんはびっくりしたらしく、懐から何かを取り出し背中をかがめてぱっと光る物で私の足もとを照らし、私は闇に馴れた目に急に稲妻のような閃光を浴び、たちくらみに襲われました。「ああよかった！　蟹だ！」おじいさんのしんからほっとした声に私も我に返り足もとを見ると、丸い光の輪の中に照らされて、ティンマ（蟹の一種）が私の小指をしっかり大きな爪で挾んでいました。おじいさんはただおろおろしていました。イサちゃんは「ティンマヌクゥトゥリ（蟹が嚙みついている）」と言って手でつかまえようとしましたが、ティンマはもう片方の爪でイサちゃんの指も挾みこもうとふりあげていました。私は痛みをこらえ、石ころを探してしゃがみ、ティンマの甲を力いっぱいぴしゃっと潰しました。胴と足とばらばらに潰れたティンマを取り除いても、小指を挾んだ爪はしっかりくっついたままでとれません。おじいさんはしゃがんで両手で挾を開こうとしてくれましたが、どうしても開かずしつこく小指に喰い込んでいました。私は立ち上って素早く、右手で足の間から着物の後裾を前の方にたくしあげて帯にはさみ込み、ズボンを穿いた格好になってあぐらをかき右の足を口もとへ持っていって、おじいさんの持っている明るい光に照らしだされた、うす紫とうす青色のぼかし模様の美しいが憎らしいその爪を、全身の力をこめて歯でかちんと嚙み割ってしまいました。小指には血が滲んでいました。おじいさんは、「血がでている、ゆわえましょう」と言って手拭を出して引き裂こうとしていましたが、「こんなの平気です」と言って私はどんどん歩き出しました。血止めの蓬の葉を探していたイサちゃんとおじいさんは口の中でなにか言いながらあわてて私に追いつき、三人は丸い輪の光で足もとを照らしながら歩きました。私とイサちゃんはマッチも使わずに灯の点るそれが不思議で、のぞきこみながら、「それは何ですか」と尋ねると、「かいちゅうでんとうというものですよ」と言って私の手に持たせました。「かいちゅうでんとう」は大人の掌より少し小さい位のおおきさで、五分位の厚みのある黒い四角な物に硝子の透けた丸い玉がついておりその中にほうずき玉位の小さな丸い玉がもうひとつ入っていて、そばに付いた金属の釦を押すとぱっと明るい光が丸い玉から輝き出ました。私たちは生まれて初めて「かいちゅうでんとう」という不思議な物を見ました。

「ならなら、ならなら」人の話し声のようなものが耳に入ったと思えました。それはだんだん近づいてくるようで、私たち三人が曲り角を曲った時、赤い火がぽうっと坂の下から登ってくるのが見えたので、私は「ケンムン（魔妖のもの）の火みたい」と言うとおじいさんは、「ケンムンもかいちゅうでんとうを見れば逃げてしまうから大丈夫、大丈夫」と平気でした。私とイサちゃんはでもちょっぴりこわかったので、おじいさんの両の袂をそれぞれしっかり握って歩いて行きました。

カンテラの暗い灯にぼんやり母とウメマッアゴの姿がみえた時、私は先になってどんどん駆け降り、母に抱きつくとわけもなく涙が溢れて止まらずしゃくりあげてしまいました。急ぎ足で追いついたおじいさんは、「やれやれ、あんなに気丈だった子が、お母さんをみたら泣き虫小虫になったね」と言いながら私の頭をあの柔らかな掌で撫でました。母も私の背中を軽くたたきながら、おじいさんに連れてきてもらった礼をのべ、「こんな時刻に旅籠屋を起こすのはなんでしょうから、どうぞわたくしどもへお越し下さい」と申し出るとおじいさんは、「そうさして貰えれば有難いことです」と快く受けてくれましたので、私は嬉しくなっておじいさんの手をとって引っぱるように歩き出し、母はイサちゃんの手を引き、深更の山道を五人連れで心強く降りてきました。

師走の夜寒が体を覆い着物はしっとりと湿り気を帯びて冷たく、裸足の足は道端の草の夜露に濡れてかじかみ、指先は赤くなっているのでしょう、すすきの葉でこすられるような痛みさえ覚えました。あたりの冷気には暁の気配が感じられ、集落を囲んでいる入江の上にもうっすらと靄がたちこめていました。入江沿いの小道を通り集落へ入って来た時、珊瑚石灰岩を高く積み重ねた石垣の内から、ひときわ力強く「クックウーウー、クックウーウー」と暁を告げる鶏の声が聞こえてきました。

# 旅の人たち

## 親子連れの踊り子

カーン、カーン、カーン、とゆったりした鐘の音が授業の終りを告げると、小学校一、二年生合同の複式学級の小さな教室から児童たちがいっせいに飛び出しました。一年生の児童たちは待っている母親の胸の中にとびついて行くかのように家路に向ってまっしぐらに校門を駆けぬけて行き、二年生も負けてはならじと一緒になって賑やかな音を白い一筋道にふり撒きながら夢中で駆け出していました。入学して間もない一年生の私も短い袴の裾をひるがえしてみんなともつれあいながら駆けていましたが「ナハダヌミャー」と呼ばれている、集落の広場の処まで来ますと、みんなが立ち止って取り囲んでいる輪の中に親子連れらしい三人の旅芸人の姿が見えました。

母親と覚しいすらりと背の高い中年の女の人が立ったままで三味線を弾き、よごれのひどい縞の着物に角帯をしめた小柄な父親らしい人はしゃがんで、構え持った二本の短い棒を前で交叉させたり片方を高く持ちあげたりのいろいろな手付きで木の枠に載せた太鼓を叩いておりましたが、三味線と太鼓の音が弾じけ飛びもつれ合って、時ならぬ賑わいを何時もは静かな広場につくりなしていました。

まんなかの方を見ると四、五歳位の女の子が三味線と太鼓にあわせて踊っていました。裾長に着た赤い花模様の着物の前褄を左手の指先で抓み持ち、右手の親指は内側に曲げ残りの四本をきっちりと揃えて一枚の紙のようにひらひらと左右にうごかし、それにつれて頭や体をしなやかにくねらせる身についた踊りは、仕付けられた厳しささえ見せておりました。その髪は私の母がよく使うかもじという足し毛をしているのでしょうか、重たげな桃割れもどきに結い揚げてあり、前髪のあたりにはいくつもの細い薄金具を垂らした色とりどりの小花の群れの簪がちかちかとゆれて輝いておりました。

わたしのすーちゃん福知山

二十四連隊籠の鳥

透き徹る声を張りあげて女の子は歌い、犬仔ろが駆け廻って遊んでいる姿さながらに、前かがみになってあっちへ走りこっちへ戻りし、立ち止ったかと思うとくるりと体をくねらせたりしてせわしげに踊ると、白と朱の市松のだらりの帯が飛び立つ蝶の軽い羽ばたきのように背中で両にわかれてひらりひらりとゆれていました。目と顎で調子をとりながら三味線を弾いている母親は、白っぽい白粉の汚れの目立つ黒繻子の衿をかけ、黒鳶色に色変わりした無地の着物を着ていましたが、胸の辺りから裾の方にかけてこころもち色焼けが目立ち、うっすらとぼかし模様のようになっているのは、日毎の山坂越えての旅暮しのうちに、日の光の当り具合ででき上った自然の配色なのでしょう。その母親が三味線を弾きながら大股に歩いた時、私ははっとするほどに強い色彩を一瞬見ました。上前の衽と前身頃に隠されていた下前のそれはそこだけ違う布地に取り替えたかと思えるほどあざやかな藤紫色をしていたのです。衿と同じ黒繻子の半幅帯を低目にしめてうしろで猫じゃらしに結び、その上から紫の丸組みの帯〆を前に廻してきりりと結んでいました。型のよい鼻筋の際立つ整った面長の顔は眉毛に沿って目尻が切れあがり、豊かな黒髪を無造作な櫛巻きにして、衿足には白粉を濃く刷き顎から顔へかけてぼかしていましたが、日焼けした顔に馴染まない白粉はむしろ不用のように思えました。

ひと区切りついて母親が三味線をおろすと、女の子も歌と踊りをやめて風呂敷の中から、白いエプロンを取り出して母親に渡しました。すると母親はそれを女の子の赤い丸ぐけの帯〆のあたりに当ててうしろへ向かせ、蝶結びにした紐の上をぽんと右手で叩いて女の子を軽く前の方へ押しやりました。

初めは私たち一、二年生だけでしたのに、何時の間にか学校帰りの小学生ですっかりその旅の親子を取り囲んでおりました。

わたしはカフェに咲いたれど

真白き花の鈴蘭よ

あなたは帝国大学の

胸には五つの金ボタン

女の子はやさしく思いをこめて歌い出し、さっきの息をはずませ駆け巡った所作とは違って、こんどは長い両の袂を胸もとに抱き悲しい表情でゆっくり踊り始めました。白い足袋に赤い鼻緒のゴム裏草履を履いた小さな足を小刻みに進めながら、袂を抱えた両手を胸の辺りで合わせて体をうしろに反らせると、裾に赤いおこしがのぞき、狭い対丈だけの着物を無理に長く着ている姿が女の子の悲しみを語りかけてくるようでした。鼻のあたまにひと筋濃く白粉をつけ、唇は上下とも真中にだけ紅をさしておちょぼ口にみせた顔全体のうす化粧に汗がにじみ、それは女の子の心が泣いて流した涙のように光って見えました。

歌と踊りを終えた女の子が自分を取り巻く見物衆を見廻しても、演技の終ったことを知った学童たちは端の方から動き出すばかりで、お鳥目など一銭も置かずにみんな立ち去ってしまいました。去り際に私が広場の端の処で振りかえりますと、女の子は同じ場所に同じ姿で立っていて離れていく人の群れを動かぬ表情を据えてみつめていましたが、私と目があってもかたくななこわばりを見せ、さっきの歌にあわせたにこやかな微笑や宙に投げた悲しげな瞳は信じられぬほどにその幼い面から消え失せていました。南国の雨季の晴れ間の太陽が強く照りつけ、広場に生い繁る雑草のむせかえるような草いきれと熱気の立ちのぼる中に、おこったような顔つきで立ちつくす女の子の姿にくらべて、涼しげな夏着に葡萄茶《えびちゃ》色の袴をはき同じ色のビロードの鞄を肩からかけている自分の姿がひどく恥しく思え、火照りがみるみる顔に吹きあがり、頬を赤く染めていくので、私は思わずぱっとうしろを見せて駆け出しました。

その日は遠く近く三味線と太鼓の入り交った音が夕方まで聞こえていましたが、空気をふるわせながらかすかに伝わるそのひびきは、細く澄んだ女の子の歌声のように侘しく、私は縁側に立ってそっちの方へ向きながらにわか覚えでつい、

わたしはカフェに咲いたれど
真白き花の鈴蘭よ
あなたは帝国大学の
胸には五つの金ボタン

と歌ってしまいました。するとすぐに奥から母が出てきて「俗歌を歌うものではありません」とたしなめましたので、ああこれがあの恐ろしい「ゾッカ」というものかとびっくりしたのです。俗歌を歌う子は駐在所の巡査に耳を切られうしろ手に縛られた上、「カンゴク」という恐ろしい処に連れて行かれて木綿の赤い短い着物一枚着せられただけで閉じ込められてしまうのだと子供たちはこわがっていたのでした。それにしても人前でも平気で歌っていたあの女の子が不思議に思えてなりませんでした。

風呂釜の前にかがみこみ顔を赤く上気させながら頬をふくらませて火吹き竹をふーふー吹いていたウメマッアゴが、私を抱え持っていた片手をはずし大きな声で、

「アセー《奥様》、チャーミズバ《お茶の水を》　クディキョーロ《汲んで参りましょう》　イー《か》」と言いながらバケツと柄杓をがらんがらんさせはじめましたので私も立ち上り、彼女のごわつく太い指をしっかりつかまえて水汲みについて行きました。

　私はいつもウメマッアゴにまとわりつきその後を追いまわしていました。そこらの男たちよりも力が強いといわれる大柄な彼女は私を軽々と抱きあげ、何処へでも気軽につれて行ってくれるからでした。今日も彼女は天秤棒の両端に長バケツをさげたのを右腕にかけ、左腕は背中にまわして私を背負ってくれました。私の家にはショイン（来客用のための一棟）の近くにある、特別のお客さまの時に顔など洗って貰うウモティイド（表井戸）とトーグラ（炊事と食事場の一棟）のそばのふだんに使うシリィブドヌイド（台所の井戸）と二つの井戸がありましたが、「お茶の水は泉の水でないと美味しくないのですよ」という母の言葉で、毎日泉まで水を汲みに行っていました。

　泉は集落を抱きかかえるような後の山の裾から湧き出ていて、コーダーン墓（癩病者だけを葬る墓）の横を小川となって海の方へ流れていましたので小さな水溜りは清

く澄み、泉に映る自分の顔をみつめるだけで清められるようなやさしさを湛えていました。冷たい水に手を浸すと指の間にまつわるようになめらかで、何処の水よりも肌に心地よくしっとりと感じられましたので、私は呑み水を汚さないように流れの下手の方でいつも顔や手を洗いました。私が顔を洗うとウメマツアゴは男のように腰にさげた手拭をとり乱暴にごしごしと拭いてくれましたが、そのうすよごれた手拭からはウメマツアゴの汗と脂が強くにおい、折角洗った顔がかえって汚されるような気持になるのでしたが、私はだまって彼女のするようにさせました。それは彼女がかねがね私に示す厚意に対するせめてものおかえしに思えたからでした。

長バケツ二杯に天秤棒が撓うほどに水を入れ小走りに駆けるウメマツアゴのあとから、私も子犬が後を追うようにちょろちょろ駆けながらハナダヌミャーの処まで来ますと、広場に覆いかぶさるように生えたガジマルの老木の下に筵を敷いて休んでいる昼間の旅芸人の親子の姿が夕暮の残照の中にみえました。父親はあぐらをかいてとりつくしまのない顔付きで煙草を吸い、母親は風呂敷包みを開けて何か取り出しているようすで、女の子は横になって小さくまるまった後姿を見せていました。私は昼間と同じような、からだじゅうの火照りに再び襲われ、なるべくそちらを見ないようにして駆けぬけました。

夜のとばりがすっぽりと島を覆い集落の家々に灯がともる頃、私もランプの灯かげに湯気のゆれる夕食の膳を父と二人囲みながら、夕方水汲みの帰りにみた旅の親子の話をしますと、給仕のために坐っていた母はすぐに立ってトーグラの方へ渡り廊下を渡って行きました。

それからほどなくしてウメマツアゴにともなわれておずおずしながらやって来た旅芸人の親子が、すえたにおいを漂わせながらトーグラの焼けてあかくなった畳の上にかしこまって坐り、しきりにお辞儀をしたり揉み手をしたりして母に礼の言葉をのべていました。

母は三人にお茶や食事を出し、父親にはお湯でほどよくうすめた蘇鉄焼酎をカラカラ（酒入れ）に入れてすすめました。ウメマツアゴがさしだした大人用の茶碗に山盛りにされた御飯を持つ手さえ重たげな小さな女の子はうつむいて黙って箸を動かしていました。おとなしそうな父親は蘇鉄焼酎でだんだん気持よくなっていくらしく、やがて体の堅さをほぐしてあぐらをかき、お膳の上のものをおいしそうに食べました。

そして母親は自分たちの過ぎ来し方の苦労を母に話してきかせながら涙ぐんだりしていました。母も指先で目もとを抑えてうなずいておりましたが、小さな声でぼそぼそと語るそのヤマトコトバ（本土の言葉）は母のうしろにかくれるように坐っている私にはくわしくは聞きとれませんでしたが、ひどく哀しげな話のように思えました。

煤で黒光りする梁に吊られたさげランプの仄かな灯火に照らされて、横顔をみせて坐っている三人はたいそう疲れて侘しげに見え、旧暦の五月といえば南の島ではすっかり真夏というのに三人とも袷の着物を着ていました。きっと冬のうちに旅立って遠いところからはるばるとやってきたのでしょう。

初め遠慮勝ちな伏目でちらちら大人たちに視線を送りながらゆっくり箸をはこんでいた女の子も、親たちが次第にそれぞれ身体の緊張を解きその場の空気に馴染み出すと自分もいつしかその中にとけこみ、足袋を脱いだ柔らかな小さな素足を横坐りにのぞかせて坐り、気持を和ませていくようでした。そして京都弁といって父が時々私に教えている言葉とそっくりの言葉で、

「ここのごちそうはうまいで、おかあちゃんもおとうちゃんもあしたのぶんまで、ようけたべてや」

などと、両側の母と父へ首をかしげて笑いかけ、安らぎの中で急に食欲が出たらしくかきこむように御飯をたいらげ、悪びれずにずいと茶碗をウメマッアゴの方へ差し出し、すまし汁もおかわりを重ねて驚くほどもたくさん食べました。子供は好むでしょうと母が大ぶりに焼いた玉子焼には手をつけず、ほかのお菜はむさぼるように食べ終えたのを見た母が、

「玉子焼はきらいですか」

とたずねますと、

「だいすきや、そやから持って帰るねん」

とすこしはにかむように首をかしげて答えました。母が、

「あしたはもっと大きな玉子焼をこさえてあげますから、どうぞそれはおあがり」

と言うと女の子は嬉しそうに皿を持ちあげて再び箸をとりました。

私よりも幼いその子はひとかどの成人のように、賑やかに話のはずむ大人たちに仲間入りをし、話題のつぼを要領よく抑えてみんなを笑わせていました。母が旅の人たちに示したひと夜ぎりではあってもあたたかな歓待に、私は昼間身内を走った女の子への羞恥の思いがいくらか薄れ、女の子とスビッグヮ（宝貝）でおはじき遊びでもし

たい思いにかられながらも言葉が出せずにもじもじしているうちに、三人は風呂に入るために立ちあがり、父親はふらつく足をちょっと面映ゆげに踏みしめ、女の子は年相応の幼さにかえって母親におんぶされてトーグラを出て行ってしまいました。

夜空に高くくろぐろと枝を広げているアッコホ木の横の風呂場から、深い闇を通して女の子の歌声が聞こえてきました。

わたしのすーちゃん福知山

二十四連隊籠の鳥

湯気に潤ってなめらかに澄んだその声は私の心の奥に懐しくしみこみました。

母が集落の娘たちを集めて繭や真綿からの糸紡ぎや機織りを教えている工場《ば》の畳敷きになっている処へ、ウメマツアゴが大風呂敷に包んだ二組の夜具を、一組は肩に一組は手に軽々と運んで行き、親子三人はそこで南の島での旅のひと夜の夢を結ぶことになりました。

私の家には始終いろいろの人たちが訪れては去って行きました。どんな人が頼ってきてもいとわずに面倒をみる母の心を受けて、ひと夜ぎりで涙を流して去って行く人や、ウメマツアゴやチョーあねやカマドなどのように若い時から手伝って永年母につく人もおれば、また半年あるいは一、二年の手伝いをしたあとまた何処かへ去って行ってしまうヤマトッチュ（本土の人）などもいましたが、なかには徳之島から流れてきたという色の黒い目の大きなキユタカという名のかわいい男の子を連れた夫婦のように、母の手伝いに精を出してお金を貯め、いったん故郷の徳之島へ戻ったのに再び母の処へ帰ってくる人もおりました。

どんな時も母は相手によって言葉を変えることはしないで自分の言葉で話しましたのに、違いの甚だしいほかの南の島々の言葉でも、また鹿児島弁や東京弁などのヤマトコトバ（本土言葉）から沖縄言葉まで何処の地方の言葉でも理解してその人々とすぐに話し合えるのは不思議なほどでしたから、その人々も「島にきてからほかの人の島言葉は全然わかりませんが、奥さまの言葉はよくわかります」と言っておりました。

翌朝学校へ行く準備をして母の処へ挨拶に行きますと、旅の人はきちんと身なりを整え庭に降り立っていましたが、もう一日二日休んで洗濯などしてさっぱりしていくようにとしきりにすすめている母に、何度もことわりと礼の言葉をのべていました。

ウメマッアゴは、「マッチウモレヨー《待っていてくださいよ》」と言いながら大きなおむすびを味噌漬にした鼈甲色の高菜の葉で包み、それに味噌漬にした豚の肝臓や魚や烏賊などと一緒に約束の玉子焼も添えてバナナの葉に包んでいました。母は袋に入れた米や食料品らしい包みなどを母親に渡し、半紙に包んだお金らしいものを女の子の頭を撫でながらその手をとってそっと握らせていました。

私がゆうべ床に就いてからまでしきりに気にかかっていた強くにおう袷の着物を三人とも脱ぎ去って、女の子は白地に飛び飛びに紺の井桁模様が織り込まれた、私のせまくて着られなくなった夏の着物を着て、私がふだん家で使っていた赤いメリンスの帯をうしろに結んでいましたが、素足に草履を履き素顔のままのその姿はひとまわり小さくなってしまったかのように見えました。親たちも母の古い夏衣に着換えていましたが、昨夜おそく母が黒っぽい細かい絣の自分の着物のあちこちに鋏を入れていましたのは、男物に手早く仕立て替えていたのに違いありません。母は自分と私の持物は惜しげもなく他人にわけてあげても、父のものは何ひとつ他人の手には触れさせませんでしたから。

三人それぞれに荷物を持ち、女の子は自分の衣類らしいものを鶸《ひわ》色の地に真赤な小菊がびっしり型染めしてある風呂敷に細長く包み、その真中あたりを芭蕉の紐で巻いてしっかり縛り、うしろの右肩から左脇へ斜めにかけて胸のあたりで端を結えていました。

母親も紺の中風呂敷を背中に背負い三味線を抱え、父親は大きな箱のようなものを唐草模様の大風呂敷に包んでその上にまるく巻いた筵をのせて背負っていましたが、その姿は母親がいちばん似つかわしく見えました。

旅先の見知らぬ人の親切は親子連れの旅芸人の疲れを癒したらしく足さばきも軽やかに三人は歩いて行きました。そのうしろから私はブリキの筆入れとノート代りの石板がかたかたと音をたてないように肩からかけた鞄をしっかり脇に抑えて、少し間をおいて胸をどきどきさせながらついていきました。ゆうべから私はひと言、女の子に言葉をかけてあげたかったのにどうしてもその勇気が出なかったのです。

学校への別れ道のところで三人は隣の集落へ行く山道の方へどんどん行ってしまいます。ちょうど山道への登り口の処へさしかかった時、私は思い切って「さよーならー」と呼びかけました。すると三人は同時にふりかえり、手を振っている私を認めるとお辞儀をしてにっこり笑いながら頭に被っている手拭を取って振ってくれました。

そしてふりかえりふりかえり手拭を振りながら山道へと登っていき、私は深い馴染みの人と別れるような淋しさがこみあげてきて、ハンカチを一所懸命振ってそれに答えました。三人は若葉の繁る坂道の曲り角で立ち止り、深いお辞儀を二回くりかえし手拭をふりながら、赤土の山辺の道へと曲って行ってしまいました。

# III

# 特攻隊長のころ

　第二次世界大戦当時の島尾隊長に就いて書こうと、私は原稿用紙に向いましたが、彼が戦いの中にあった時、私もまた彼に近い場所で戦争に捲き込まれていたことを思い返し、私は激しい波立ちに襲われ、眩めくその日々の中に立ち戻り、ペンを持つ指先は憑かれたようにその戦いの中での彼を捉えかねて原稿用紙を上走ろうとします。

　奄美群島加計呂麻島の呑之浦と呼ばれる細長い入江に、震洋特別攻撃隊島尾部隊が駐屯してきた時、今まで軍隊とは怖いものと思っていた島の人々にとってその特攻隊は大変勝手が違ってみえました。奄美群島一帯は要塞地帯となっていましたから、あらゆる面で拘束が多く、要塞司令官はカトリック教徒を集めて、敵国の邪宗を信ずる奴は銃殺だ、十字架に架けるなどと抜刀して威すだけでなく、さまざまな迫害も加えましたので、島の人たちは軍人のむごさを思い知っていて、特攻隊が来たと聞いた時には、どんな理不尽な言掛りで自分たちを困惑させるかも知れぬと怯えました。ところがその特攻隊の指揮官島尾隊長は、部下たちに対しても大変丁重で、士官たちには脇野さんとか田畑さんというように言葉使いも民間人と同じような口調で話していました。

外出の時も従兵を従えない独りの時が多く、山坂に重い荷を背負った老婆の行くのを見れば気軽にそれを代って担いながら峠への道を登り、尾根筋で子供たちの群れに行き会えば一緒に手を繋いで唱歌を歌いながら山道を下りましたので、島の人々は驚きの眼でこの変わった特攻隊長を眺めましたが、彼の指揮の下に隊員も折目正しく親切で、毒蛇のハブに襲われた者があれば駆けつけて手術を施してその生命を救い、隊長自らは、空襲に備えて集落の擬装を指導し、流言蜚語に怯える者があれば、みんなを広場に集めて諭すなど、いろいろと島の人たちへの配慮を惜しみませんでしたので、島の人々は二十七歳の若い隊長を「ワーキャジュウ（我々の慈父）」と呼んで心を寄せていきました。

沖縄の攻防戦の激しさが伝わる頃になると敵機の爆撃も日を追って物凄く、奄美群島の集落は磯辺に立つ二、三軒までも次々に爆破され、傷つき死んでいく人もありました。しかし島尾部隊の近くにある呑之浦と押角の集落の人々は「島尾隊長が守ってくれるから大丈夫」という信仰に近い確信を持ち、高射砲で海や山に墜落する敵機はすべて島尾部隊が撃墜したのだと思い、島尾隊長が自分たちの守護神である証しのように見詰めていました。そして不思議なことに呑之浦と押角の集落はずっと無傷であったのです。このことは島尾隊長への信頼を益々深め、焼け墜ちた敵機の操縦士の亡骸は懇ろに集落の墓地に納め立派な墓標を建てて葬った島尾隊長の武夫の道に人々は感激し、「アンチュウクサ、ニンギントゥシ、ウマレカハンヌ、チュウダロヤー（あの人こそ、人間としての、立派な生まれの極まりの、人でありましょう）」と称え、「あれみよ島尾隊長は人情深くて豪傑で……あなたのためならよろこんでみんなの命を捧げます」という歌がはやり、片言の幼児たちにまで口ずさまれ、幼児たちは軍服を着ている人には誰にでも「島尾隊長」と呼びかけ、島尾隊長とは軍人の代名詞と思っているようでした。

沖縄を失墜し、奄美の特攻隊の出撃も目前に迫った頃になると、島尾隊長や隊員と島の人々との間柄は生死をともにするという心で堅く結ばれ、その生死のほどは間近に迫った現実でもありました。搭乗員が特攻戦に出撃した後の基地隊員に協力して島の男たちは竹槍を持って、乙女たちはかねての島尾部隊の指導に従い看護婦として戦場に立ち向かい、老人や女、子供は一個所に集まって集団自決する手筈が整えられ、その場所は兵舎近くの谷間に全員入れるほどの大きなコの字型の隧道を隊員と島の人々が力を合わせて掘り進んでいたのです。その隧道への集合命令が下り、人々は覚悟を決めて集まりましたのは、八月十三日の真夜中のことでしたが、島尾部隊の特攻出撃は即時待機のまま発進がかからずに十四日の朝を迎え、もう一夜を重ねた十五日に戦争は終りました。

必ず死ぬはずであった生命をとり戻すことができた島尾隊長は、万感のおもいの島の人々をあとに、九月一日、小さな焼玉エンジンの発動船を連ね部下の隊員たちをつれて、呑之浦の入江を出て行ってしまいました。

あれから二十数年の年月が過ぎていきましたが、呑之浦の入江には今もなお特攻隊基地の跡が朽ち残り、島の人々はいまだに島尾隊長の思い出を語る会を持ち「島尾隊長の歌」を歌って当時を偲んでいます。そして私の夢の中にもしばしば島尾隊長が現われてきて、私の夫を悩ませているようです。

# 篋底の手紙

　東京の下町、小岩に私たち家族四人が住んでいました頃、私は「離《さか》りきてしきりに恋ほしみんなみのかの空のいろかの海のいろ」と故郷の南島の空と海の蒼さを思っては涙を流しました。私の望郷の深さを思った夫は奄美大島に生活を移してくれました。あれから十七年の年月が流れ去りましたが、私にはそれ程の歳月が過ぎ去ったとは思えません。二人の子供たちは大きくなってそれぞれ東京と鹿児島の学校へ行ってしまいましたので、島に残った夫と私のくらしは、夫が朝方県立図書館奄美分館へ出勤して夕方帰宅し、そして夜は机に向うという単調な日々が繰返されているだけです。

　それに南島の亜熱帯性気候は四季の移り変わりもそれほどはっきりと区別がつきま

せん。水稲も二期作で、正月に菫の花や朝顔の花が咲いたりします。ただ真夏の容赦のない厳しさだけが、年の経巡りを夏毎にはっきりと思い知らせてくれます。しかしまた夏の夜は海の方から小止みなく潮風が吹き、空気が冴えて、月夜にはその光で島全体がふかい青色につつまれ、星もあかるく輝きを増してくるので、人々は月の浜辺にさまよい出たり、星空を仰ぐことが多くなり、人間と自然がひとつに溶けあえる季節でもあります。

夜が更けて庭に聳えるモクマオウやゴムの木、アカ木などの暗い繁みの中で梟が「ティコホー、ティコホー」と胸に浸み透る柔らかな声で啼き出しますと、晴れた夜も曇った夜も私は庭に出て空を仰ぎ見ながら、「星を見ましょう」と部屋の中で机に向っている夫に呼びかけ誘います。梟の啼く晩はなぜか優しい気持になって星や鳥や虫に心が向います。

雨雲の低く垂れ込めた夜は、「星が見えない」と夫は言います。星はいつでも空にありますのに。どんなに雲の厚い夜でも、満天の降るような星の光が私にははっきりと見えます。子供の頃から見馴れたマーラン船の形をした船型星も、ちかちかと小さな星の寄り集まった羽子板星も、おおらかなネブッグヮ星も、みんなその他の星座と一緒に空いっぱいに散らばって瞬いていますのに。

冷えた夜気の中に漂う浜木綿の甘ずっぱい香りや、足先を濡らすほどに露を宿した雑草の繁みのもとで競い鳴く夥しい虫たちの声にかこまれながら、二人並んで、煙るような銀河の流れを見ていますと、二十八年も前の戦争末期のころに、死を約束されていた特攻隊員の夫といっしょに見た夏の夜空のことが、悲しい、それでいて懐しい気持で思い返されます。

どうしためぐり合わせか今年の夏はその過ぎた遠い日々をより身近に思い出す機会に恵まれました。秋の頃に出版される予定の本のため、戦争の最中に取り交した夫と私の手紙の整理をしたからです。それは、そんな非常の時のこととて紙らしい紙も無く、ノートをくずしたものや、藁半紙や和紙の切れ端、七夕の短冊、海軍罫紙、名刺の裏等々、身近にある字の書けるものなら何でも利用して、使い古した鉛筆や筆で書かれてあります。今の私には虫眼鏡を必要とするような細字で、あますところなくぎっしりと書き込まれているかと思うと、中には消えかかっているものがあったり、二十八年の間に文字も擦れて判読にむつかしいものが少なくありませんでした。

それらの往復書翰を原稿用紙に書き写しているうちに、繰り返し出てくる「隊長さまへ」と書かれた宛名の文字は、私の心をそのころにあとがえらせ、今でも岬を越えた入江の奥に島尾隊長が戎衣を纏ってとどまっているような気持になってきて、無性にその人に逢いたくなってしまいました。しかしそれは空しい願望でしかありません。敗戦と同時に彼は何処かへ立ち去って行ってしまったのですから。

瞼をとじるとこんなにも鮮やかに若々しいその容姿が思い起こされますのに、現実にはもう決して再び見ることはできないのでしょうか。

私は夫のなかに島尾隊長の面影を求めてじっとその顔や姿をみつめますが、私の願いは叶えられず、そのことを夫に言いますと、夫は不機嫌になって、「早く往復書翰の整理を終えてしまいなさい」ときつい口調で申します。

百枚近くを弓立社に送り、今私は残りの分の整理を続けていますが、それはまだまだ終りそうにありませんので、なぜか夫はいやがりますのに、私は若い頃のように気持を昂ぶらせる毎日がこの夏は当分続きそうです。

# その夜

終戦の前々日、昭和二十年八月十三日は旧暦の文月六日、七夕さまの前の晩で星のきれいな宵でした。

私は島尾部隊の隊長さまを待ち佗びつつ「わがせこが来べき宵なりささがにのくものふるまひかねてしるしも」などと口遊みながら、行燈に掛けた薄衣を通して揺れる仄かな灯火の明りをたよりに、明くる早暁の星祭のためにと、短冊や和紙にうたを書いておりました。その中には隊長さまへお捧げしたのもありました。

チドリャ《千鳥》　ハマチドリャ《浜千鳥》
ヌガ《何故》ウラヤ《お前は》ナキュル《泣き居る》

カナガ《君が》　ウモカゲヌ《面影の》
タチドゥ《立つ故に》　ナキュル《泣き居る》
カナガ《君が》　ウモカゲヤ《面影は》
タチマサリ《立ち増さり》　マサリ《増さり》
タチマサリ《立ち増さり》　マサリ《増さり》
シュヤヌケブシ《塩焼小屋の煙》

加那恋ふは塩焼小屋の煙の如く吾が胸うちに絶ゆる間もなし

　だいぶ夜も更けたと思える頃、表の門の方から人の駆けてくる足音が聞こえました。私の胸はどきんと躍りましたが、次の瞬間隊長さまのおみ足の音ではないとすぐにわかりました。でもこんな夜更に、誰があのようにせわしげに、と聞き耳をたてていますと、外縁のあたりで足音は止まり、

「先生、先生」

と息をはずませて私を呼ぶ声は、たしかに島尾部隊本部付の海軍上等主計兵曹の大坪さんのようでした。ただごとでないようすが感じられ、突然胸の動悸が激しく打ち

ました。大急ぎで出て行きますと、大坪さんは私の姿を見るなり、

「隊長が征かれます」

と叫び、そこまでやっとこらえてきたかのようにくずおれ、声をあげて泣き出しました。

「ああ、そうですか」

私はゆっくりうなずき、小さな声でうべないました。

すると大坪さんは地面にうつ伏して慟哭しはじめたのです。

「隊長！　隊長！　隊長！」

私は縁に立ったままだまって兵士の一途な姿を見ていました。私の心は深く澄んで冷静の中で運命を受けていました。眉ひとつ動かさないというのは、あのようなことを言うのでしょうか。ややあってから私は低い声で、

「もう征っておしまいになりましたの」

とききますと、

「これからです」

と声を喉につまらせた返事がありましたので、ああまだ間に合うかもしれない、と

思いました。

「先生、隊長は出撃されるのです」

身も世もあらず大坪さんは激した声で言うと、肩をふるわせてなおも泣きつのり、額を地につけ両手の拳で地面を叩き続けていました。

「大坪さん、わたくしこれから参ります。手紙を書きますから、とにかくお持ちになってください」

私は隊長さまが御覧になれるかどうかわからない最期の手紙を急いで認めました。かねてから覚悟は堅く心の奥に秘めておりましたものを、やはり私は動揺していたのでしょう、筆を持つ手がふるえました。

北門の側まで来ております
ついては征けないでしょうか
お目にかからせて下さい
なんとかしてお目にかからせて下さい

決して取り乱したり致しません

これだけをせわしく書くと胸に押し当てふたたび外縁に出ますと、嗚咽でからだをふるわせながら立ち上った大坪さんがそれを受取り、

「先生」

と私の顔をじっとみつめ、丁寧な挙手の礼をし、なかなかおろそうとしませんでした。私も万感胸に溢れるおもいで大坪さんをみつめ、長い間ほとんど毎日と言ってもいいほどに繁く、隊長さまと私の手紙の往復の使いをしてくれたこの礼儀正しい年輩の上等兵曹に、心の裡で感謝と今生の別れの挨拶を告げました。

私は急いで裏庭の井戸へ行き、身につけていたものを全部ぬぎ、冷たい水を汲んで何回も身体を浄めていますと、突然ぴかりと目を射る閃光が走ったかと思うと、天地の異変が起きたかと思えるほどに、夜の闇が真昼の明るさに変わり、遠くの山の木々の梢も、近くの庭の花の色までもはっきりと目にうつし出されました。夜の闇に気を許し裸身で真直に立っていた私は、思わず両手で胸を抱いてしゃがみこんでしまいま

した。

天照大神が天岩屋戸から出現なされた時もかくやありなむなどとちらと思いながら、この不思議な出来事に息をのんでいますと、にぶい爆音が鼓膜を低くふるわせて耳の奥に伝わってきました。空襲！　ととっさには身が縮みましたが、爆撃にしては耳を聾する音響も、地を震わす炸裂の地鳴りも伝わって来ないので訝しく思っていますと、光は瞬時のものではなく、しばらくの間消えもやらず、擬装の木の枝葉をのせた茅葺きの屋根などを照らし、その稜線が墨絵のようにやわらかく浮き上って見えていました。敵の飛行機から投下されたものなのでしょうか、夜空には人魂のような青白い光の塊がゆっくりたゆたいながら降りてきて、やがて海の方へ落下していくのが見えていましたが、再び夜の闇が一層の濃度を増し、すべてのものを押し包んでしまいました。

部屋に戻った私は鏡台の横の燭台に灯をともして、濃い目に白粉を刷き、紅皿の口紅をつよく差しました。紅をなじませるために上下の唇をかみ合わせると、銀の燭台のきらめきと重なって、鏡の中の口もとが笑っているように見え、ふっと、自分の若さがいとおしくなってきて、涙が眸の奥から滲んですーっと頰にこぼれおちました。

納戸へ行き、かねて用意しておいた死出の装束を朱塗りの櫃からゆっくり取り出しました。

「急がなければ間にあわない」

　とせきたてる思いがありますのに、何故か私はことさらにゆっくりした仕草で、ひとつひとつを確かめるようにしながら事をはこんでいました。

　真新しい白の肌衣と襦袢、それに亡き母が繭から糸を紡いで織ってくれた白羽二重の下着を重ね、その上に母の形見の喪服を着けました。足もとの乱れを防ぐために紋平もはきました。それは藍の葉で紫紺に染めた絹の布地を、大きな紫色の宝貝で練り、繻子のように艶出しをした練衣《ネリギン》でこしらえていたのですが、未だ一度も身につけていないものでした。白い足袋もきっちりと穿いて身だしなみを整えました。最期の時に足を結ぶ晒の細帯と、隊長さまから戴いた形見の短剣も白羽二重の布で包んで用意しました。

　死への準備を整えながら、山の疎開小屋へ行っている父のことがしきりに思われ、こみあげてくる悲しみを堪えなければなりませんでした。戦争も末期の頃でしたから、沖縄が陥落して敵軍の手中に納められたのもそう近い頃ではなく、このあたりの島々にも昼夜の区別のない空襲が続いておりましたので、住民は殆んど山の中の疎開小屋に避難しておりました。私のところでも疎開小屋を作り、夜間の空襲は特に危険なので父が夜だけそちらに行って寝泊りしていました。

その父へ遺す手紙を書こうと文机の前に坐りますと、遠くの方からもの悲しげな声が聞こえてきて何だろうと思っていますと、近づくにつれ言葉がはっきりしてきて、大変なことを告げていることがわかりました。

「皆さーん、いよいよ最期の時が参りました、自決に行く時が来ましたー。家族全員揃ってナハダヌミャーに集まってくださーい。防衛隊員と男女青年団員は握り飯を一食分だけ持って、ほかの人は荷物など何も持たないようーに、必ず集落全員一人も残らないように集まって下さーい」

喉の奥からふり絞るような声で、タケイチロおじが触れ歩いているのでした。私はあのような何とも言いようのない悲しげな叫び声をあとにもさきにも聞いたことがありません。

集落の人々にも全員自決の時が来たことを知り、私は父のために肌衣や喪服といっしょに仙台平の袴をほどいてたっつけ袴に仕立て替えてあった死出の装束を揃えてみだれ箱の中に納め、その上に短刀と母の遺髪や爪の入った小さな布袋をのせ、父の文机の上には、走り書きの手紙をすぐ見つかるように広げて置きました。

父上さま、ミホの姿が見えませずともお探し下さいませぬようにお願ひ申し上げます。

天の国に御出る母上さまの御側へお先に参り、彼の国にて御出をお待ち申し上げております。

先立つ不孝をお赦し遊されて下さいませ。

ミホ

父上さま

どんな時でも火の始末は女のつとめと、厨の方へ火種を見に行きましたが、父へのせめてもの別れのしるしに香を焚いて置こうと思い立ち、大急ぎで父の部屋から青磁の香炉を持ってきて火種のひとつふたつを移しました。もう残して置く必要のなくなった火種でしたが、ぬくもりのある灰をこんもりと盛って灰掬いでしっかり山型に整え、消えぬようにして置きました。明日という日に誰かこの火種を使うあてがあるというのでもありませんでしたが、古く続いた家を、すこしでも長く人の住んでいた姿にとどめて置きたいと思ったのでした。

父の愛した白檀香の薫りが部屋うちに漂い流れ、障子の白い和紙や襖の唐紙に滲みこむようにひろがっていきました。香の薫りが何故こうも心を落着けるものなのでしょうか。あわただしさの中ながら、その昔の出陣のもののふの故事などが思い出され、取り乱すことのないようにと自分の心に言い聞かせつつ、うっすらと白檀の薫りを衣服に滲ませて私は家を出ました。

外は疎開小屋から下りてきた人々が殺気立って行き交っているにちがいないと、緊張して門を出ましたのに、なぜか人影は全く無く、道路をはさむ生垣の夜香木の甘ずっぱい香りが道いっぱい漂っているだけで、遠くの方にタケイチロおじの悲しげな声が聞こえていました。

闇に白く浮かぶひと筋道を私は足袋はだしで小走りに駆けぬけて海岸に出ました。

「月読の蒼き光もまもりませ加那征き給ふ海原の果て」とかねがね月にねがいをかけながら、特攻出撃は満月の晩に決められているかのように思い込んでおりましたのに、ふり仰ぐ空には、上弦の月もすでに山の端に姿をかくして満天降るような星の中に天の川が牽牛と織女の淋しい物語りを思い起こさせるかのように美しく輝いておりました。天地の間に山は静かに稜線を連ねて横たわり、海はゆったり波を寄せてはかえしていました。岬を越えた入江の奥の特攻隊では敵艦隊に体当りする震洋艇の搭乗員たちが出撃の間際に臨み、こちらの集落では何百人もの老若男女が集団自決の場所へ向おうとしているというのに、なんという静けさでしょう。私は星の瞬きの美しささえうそのように思えました。

　隊長さまにお逢いするために数えられぬほど幾夜も通い馴れた浜辺を急ぎ足に歩いて行きますと、突然頭上に降りかかるような男の声が落ちてきました。私はぎくりとして棒立ちになりました。

「ヨーネヤ《今夜は》　トゥクベツ《特別に》　キーハトゥティ《気を張って》　ミハランバ《見張らんにゃ》　ナランドー《ならんぞ》、ウミヌホウダ《海の方も》
カヤマブテダカ《山のあたりも》、イーフン《よーく》　キィティキティ《気をつけて》　ミチュル《見ておれ》ィヨヘー《よー》」

　そう言っているのはスパイ監視に出ている防衛隊の人たちにちがいありません。海端近く生えた樹上の監視所から見張っているのです。幸い私には気づかぬらしく、話し声はつづいていましたが、息づかいまではっきりと聞きとれるようでした。

戦局が逼迫するにつれて人々の心を疑心暗鬼にさせる流言蜚語が流れ、スパイ詮議もやかましくなっていました。殊に島尾部隊からも兵隊が大勢駆り出された、容疑者逮捕事件があってからは取締りが厳重になり、見知らぬ人は言うまでもなくたとえ顔見知りでも夜更けて歩いている者を見たらすぐ駐在所の警官に届けるようにきつく申し渡されていました。特に軍機部隊である島尾部隊の近くへは昼間でも絶対に近づいてはならぬと厳しい達示が役場から出されておりました。

しかし今私は夜更けてたった一人、禁制の島尾部隊へ続く浜辺を、しかも監視員たちのいる真下を歩いているのです。ああ、どうしたらいいのでしょう！　私は退きも進みもならず、渚のアダンの木の下にうずくまってしまいました。悲しみがどっと溢れてきて、父と母を心の中で呼びながらたすけを求めて泣きました。

今頃は集落の人たちと一緒にオサイ峠を登って、集団自決の場所へと急いでいるにちがいない淋しげな父の後姿が瞼の裏に浮んで胸が痛み、そのすさまじい情景がちらつくようで、息が苦しく目眩いさえしてきました。しかしきっと父は率先して立派な最期を遂げるにちがいないと思い直し、ひたすら祈るほかはありませんでした。

だいぶ時が経ってから、星の光が翳りあたりが暗くなりました。黒雲が星を覆ったのでしょう。さあ、今のうちに、と私は立ち上り、波がどぶんと寄せる音にあわせてはひと足、さーっと引く音にあわせてはひと足、足音を波の音に紛らわせてアダンの下を離れ、あとは渚の木蔭に身をかがめて通り過ぎ、小さな浦を巡り終えほっとしました。

一刻も早く島尾部隊の北門近くへ行かなければなりませんのに、ひどく長い時間を無駄に過してしまったような思いにせかれ、私は砂浜を駆け出していました。

湾曲した砂浜を過ぎ小さな鼻を廻ると、ごつごつした岩が続き崖際にはガジマルの老木が浜の方へ枝を広げて覆いかぶさっていました。ひときわ暗いその下は、盛り上った地根が錯綜していて歩きにくく、上からは垂れ下った気根が化物の手のようにゆらゆら揺れながら頬や肩先を撫でくすぐり薄気味悪い思いでした。ガジマルにはケンムンが住むといって島の人たちに恐れられ、実際にその河童のような妖怪に出会ったり、わるさを仕掛けられたりした人たちの話もきいていましたので、ガジマルの下を通る時は身体じゅうの毛穴が総毛立つ思いがしましたが、どういうことでしょうか、近頃はそれほど恐ろしいとも思わなくなっていたのでした。毒蛇のハブさえも怖いとは思わなくなっていました。隊長さまのことを思う時、もうこの世に恐ろしいものなど何もないように思えてくるのです。

と目の高さのあたりで、青白いものが見えたように思いました。とっさに、「ケンムンが出た！」と頭がぼわーんと大きくふくれ上り、足はしびれたように硬直し、身体の冷えてくるのが分りました。

私は目を閉じ、深い呼吸をして心を落ちつけてから、懐に差していた短剣をとると、包んでいた白い布をはずし鞘を払って右手に構え持ち、闇に向って目を凝すと、すこし離れた前方に見えるのは確かに丸い掌ぐらいの青白い光です。しばらく息をつめて見ていますと、海からの風に幽かに揺れながら、ほんのすこしずつ大きくなっていくようで、不思議なことと思っているとやがてお月さま位になってしまいました。

私は前へ進まなければなりません。心を決めて短剣を握り直し、ひと足ずつ近づき間合いを計り思いきって突き刺しました。

するとまるで手答えはなく、私はあやうく前へのめり倒れるところでした。そして何やらねばこくからみつくものが手首にくっついたのです。私はなんと蜘蛛の巣に切りつけていたのです。蜘蛛の糸があやしい光を発していたのでした。

拍子抜けがした私は、思わず声を出して笑ってしまいました。そして急に、もう何がきても怖くないと思い、胸を張って歩いて行きました。

暗闇は、木の下蔭のせいだと思っていましたのに、ガジマルの下を過ぎてもますます闇は深く、黒雲が出てきて空をすっかり覆ってしまいました。しかし私にはかえってよろこびでした。それは私の姿もその中にかくし、方々の監視所の人たちの眼から守ってくれましたし、何よりももう私には明るさは必要ではありませんでしたから。それでも馴れるまでは、島尾部隊の北門近くまでの闇夜の磯歩きは大へん難儀で、時間ばかりがかかりました。殊に雲の厚い夜や雨降りの時は、一寸先も見えず、指先に全神経を集中して、手探りで這うように進まなければなりませんでした。すぐ先に何があるのか見当もつかず、ただ指先の感じで牡蠣貝のついた岩とか、やわらかい砂浜とか、野茨の茂みだとわかるだけでした。だからいくら手を先に出しても手答えがなく、足もとを探ると空を踏んで海の中に落ち、驚いて泳いだこともありました。しかしそのうちに私は、どんなに暗い闇夜でも、月の光の明るい晩とかわりなく、立ったままで歩けるようになりました。私の手と足の指は心とひとつになって働き、私のからだ全体が夜の目になってしまいました。人間の一念の強さに私は我ながら畏ろしい思いさえしました。

ティファ崎の岬に着き、島尾部隊はもうすぐとほっとする思いで、塩焼小屋の下を廻った時、人の話し声が聞こえたので、驚いて闇をすかし見ると、ウシロティファ崎の中ほどから海中に突き出すように積まれた二筋の石垣の間に、震洋艇らしいものが見え、その上で数人の人影が声高に話し合っているのが、うすぼんやりうかがわれました。

海峡内に侵入してくる敵艦に必中を期して待機しているのでしょうか。私は今にも出撃しそうな特攻兵器を目の前に見て、ここは戦場なのだとあらためて身うちの引き締まる緊張を覚えました。やがて海峡内は敵味方の砲弾と爆撃で血腥い阿鼻叫喚の様相を呈するのでしょうが、まのあたりにしない限りは想像もむずかしく、この期に及んでも実感としては胸に響かず、遠いことのようにしか思われませんでした。

私は足袋を脱いで浜に置き、上に石をいくつかのせ、短剣を包んでいた白い布もはずして懐中に仕舞いました。白いものは襦袢の衿でさえも夜目に目立つのではないかと恐れました。そして腹這いになって身体を浜にぴたりとつけ、顔も横にして地にしっかりつけ、眼は艇の方を注意深く見守りながら匍匐前進を始めました。

大量の炸薬を装備した震洋艇が発進を待って待機する近くに、不審な動くものを発見したなら、兵士たちはためらうこと無く、ただちに銃口を向けて発砲するでしょう。もしそうなっても、隊長さまの部下の手にかかって殺されるのならばそれでもよい、と私は思いました。しかしともあれ、音を立てないように姿を発見されないように注意して、兵士たちに気付かれずにこの浦を越さなければならないと私は一所懸命でした。

心はせいても身体は重く、石だらけの浜の上を私は両腕と両足に力をこめて、必死に匍匐前進を続けました。頬は牡蠣貝の殻や尖った珊瑚礁で傷つき血が流れました。耳の中には砂が入りました。水溜りの中を過ぎる時は耳の中にも鼻の中にも水が入り、危うくくしゃみが出そうで肝が冷えましたが、それでも私は頭をちょっとでも持ちあげないように努めました。耳のうしろの骨に尖った石があたる時など全身に衝撃が走り、次の瞬間は頭の中が朦朧となり、意識が失われていくのではないかとさえ思えました。腕も足も擦れて傷つき砂や小石が食い込んで涙が出るほど痛みました。

震洋艇のすぐそばを通る時は、潮水に濡れた衣服が砂や石に擦れて音をたてないかと身のちぢむ思いをしました。艇の上では兵士たちが話しながら立ったり坐ったり忙しげに動いているのが、思わぬ近さに影のように黒ずんで見え、わずかな物音さえ胸に響くように聞こえました。

私は自分の呼吸さえ憚かられ、おさえようとすればかえって小刻みに高鳴り、緊張に身体が震えてきました。私の心の中はほかのことはもう何も思わず、ただここを無事に通り過ぎることばかりを考えていました。

ウシロティファ崎の浦をやっと通り越すことができた時、私はどんなに安堵しましたことか。しかし目の前にはなお夜目にもくろぐろと大きな岩が重なり合い行く手を阻んでいました。実はここが道筋での一番の難所なのです。岩を攀じ登った崖際を通れば、野茨の繁みが足にからみつくだけでなくハブの危険もありますので、私は決心して海の中へ入っていきました。冷たい潮水が身体に滲みていき、あちこちの傷口がひりひりと痛みましたが、「いなばの白兎みたい」などと独りでおかしくなる位ユーモラスな気分になっていました。

両手で岩につかまり、足の指先で海の底をまさぐりながら歩いていますと、腰のあたりに波が大揺れに寄せてきて、その度に身体はふわっと浮き上り岩にぶつかりそうになりました。そして数知れぬ夜光虫の群れが光って砕け散り、腰のまわりは銀の光の波になって流れました。

タハンマの鼻を廻ったすぐのところで、前方の岩の上に人影が闇にかすんでぼんやりうかがわれましたので、足音を忍ばせて近づくと、両手を顔の上に組んで岩の上に仰のいていたその人は驚いたように立ち上り、

「隊長にお知らせして参ります。先生は北門の近くまでいらしてください」

と言うが早いか駆け出して行ってしまいました。声で大坪さんとわかりましたので、私も続いて駆け出しました。

島尾部隊ではさだめし、出撃準備の艇のエンジンの音や号令やホイッスルの響き、兵士たちの行き交う足音、興奮で上ずった声などが入り乱れて入江の浦々に反響し、異常な物々しさに満たされているとばかり思っていましたのに、北門の近くにきてみても聞こえてくるのは、静かな波の音とうしろの山で啼いている梟の声だけでした。

「ティコホー、ティコホー」

私は海の方を向いて白い砂浜に正座しながら、この梟の啼き声は隊長さまや私が死んでしまった後でも、やはりこうして啼いているのでしょうと思いつつ聞いておりました。

番兵塔の付近からひと言ふた言柔らかな声がきこえてきましたので、私は大きく呼吸をして衿を合わせ、髪の乱れをかきあげて居ずまいを正しました。

さく、さく、さく、さく、大股に砂を踏む足音が近づくと、私は緊張で身体じゅうがこわばってきました。両手をしっかり組み目を閉じて落着こうとしても、胸の鼓動がますます激しくなり、喉はからからになってしまいました。私は隊長さまの側にいる時は何時も何故か、身体のふるえが止まらず、喉も口もからからに渇き、声はかすれ、言葉を出そうとすると唇までふるえてしまうのでした。

足音はすぐ側で止まりました。

ふり仰ぐと、飛行帽、飛行服、白いマフラー、半長靴の搭乗姿で背の高い隊長さまがにこにこ笑って立っていらっしゃいました。

「隊長さま！」と思い、涙がどっと溢れました。噴きあがってくる感情をぐっと抑えると、喉の奥から嗚咽がこみあげてきて、私は隊長さまの半長靴の上に頬を押し当てて涙をこぼして泣きました。

「大坪が何を言ったか知らないが、演習をしているんだよ、心配しなくてもいい。さあ、立ちなさい」

隊長さまは私の両肩を持って立たせようとなさいました。柔らかくあたたかな掌の感触をしびれるようなよろこびと悲しみでからだいっぱいに受止めながら、私はため息ばかり出てきて、手足はぐったりと力が抜け、立ち上ることはできませんでした。

隊長さまが御自分の手に力を入れて立たせようとなさった時、私もようやく力を足にこめましたが、充分に力が入らず、隊長さまも私もよろめいて、お互いにしっかり相手のからだを握りしめました。このままずっと放さずに居れるものなら、私のからだは石になってもいいと思いました。

放したくない、放したくない

御国の為でも、天皇陛下の御為でも

この人を失いたくない

今はもうなんにもわからない
この人を死なせるのはいや
わたしはいや、いやいやいやいやいや
隊長さま！ 死なないでください
死なないでください
嗚呼！ 戦争はいや
戦争はいや
私の心の中は乱れ狂い泣き叫んでいますのに、それを言葉に出す術もなく、ただ唇をかみしめ涙を溢れさせながら隊長さまのお顔をみつめるばかりでした。
隊長さまは微笑を絶やさずに私の顔を御らんになっていました。並びのよいきれいな歯が、闇の中にひときわ目立ってほの白く見えました。
「演習をしているんだからね、心配することはないんだよ」
隊長さまは私の肩にかけた手に力をこめてゆすぶりながらにこにこしてこうおっしゃったのでした。
私を悲しませまいとしての御心遣いだと痛いほど感じながらも、私はだまって首を左右に振っていました。何もかもわかっていたのですもの。

それにしても隊長さまは特攻の出撃直前というのにどうしてそんなに落着いていられたのでしょう。物静かな余裕に満ちた様子を、私は驚嘆の思いでみつめるばかりでした。それにくらべて私は悲しみをこんなにもあらわにして泣きくずれてしまって。取り乱してはならないと自分に言いきかせても、このかたはもうすぐ震洋艇もろとも敵の軍艦に体当りなさるのだ。この声、この手、この身体も火薬とともに砕け散ってしまうのだと思うと、身も世もない悲しみがこみあげてくるのをどうしようもありませんでした。

今だけ、今のこのひとときだけが、私の目と手で確かめる事ができるのだと、私は隊長さまのからだを両手でしっかりと上の方からしごくように抱きしめて行ったのですが、足もとまできて靴の上にうっ伏すと、たまらなくなって泣きくずれてしまいました。

「ミホ、ほんとうに演習なんだよ。さあ、今夜はおそいからお帰りなさい。あしたの朝早く山田に手紙を持たせるからね。こんな所にいないですぐ帰るんですよ。いいね、わかったね、ほんとうにすぐ帰るんですよ」

隊長さまはやさしくあやすように話しかけながら、泣きじゃくる私を再び立たせました。

「僕は今忙しいからね。ちょっとの間も隊を離れられないので、帰るからね。いいね、帰るよ。夜が明けたらすぐ山田に連絡させるからね」

そうおっしゃると私をそっと前に引き寄せ、額に赤ん坊にするような軽い口づけをして、そっと手を放し、二、三歩後ずさってからくるりと向きを変え、北門の方へ駆けて行っておしまいになりました。

私は遠ざかる足音を聞こえるあいだはひとつも聞きおとすまいと耳を澄ましていました。さく、さく、さく、さく、さく、さく、それはだんだん小さくなっていって、やがて聞こえなくなってしまいました。

番兵塔のあたりで、びっくりするほど大きな声をお出しになったのが聞こえてきました。子供の声のように澄んだ声でしたが、そのこだまは山に囲まれた湖のように静かな海面にいつまでもひろがりただよっているように思えました。

隊長さまはあの澄んだ声を名残りに私の前から永久に消えていっておしまいになり

ました。二十七歳のその生涯を今宵南溟の果てに散らして、私が声を限りに呼んでももう再びあの姿をみることも、あの声を聞くこともできなくなってしまいました。私に残されたものは、形見の短剣と、目の前の砂の上の足跡だけだと思い、私は隊長さまの立っていらした砂の窪みに頬を押しつけ、隊長さまに触れたその砂を懐しみました。涙があとからあとからこぼれてきてとまりませんでした。この足跡もやがては波が消し去ってしまうことでしょう。そしてこの足跡を残した人はもう二度とこの砂浜を歩くことはないのです。

　すると隊長さまの前で抑えていた激しい感情が噴き出してきて、私は半狂乱になり、その砂を両手に掬うと、頭の上から自分の身体じゅうに振り掛けました。衿を押し開いて胸の中にも乱暴に入れたのです。

　やがて私はいつ震洋艇が出撃を開始してもいいように砂浜に正座して入江の入口のあたりを見据えていました。そして先頭の位置で後続艇隊に発光信号の指揮をとりつつ進むのが隊長艇にちがいないと考え、それを見落とすまいと、海の上ばかりをじっと目をこらして見ておりました。

　その見送りをすっかりすませてから、私は自分のことをしようと決心していました。

その時は海へ突き出ている岩の一番端に立って足首をしっかり結び、短剣で喉を突いて海中に身を投げる覚悟を決めていたのです。そこが奇しくもちょうど一年前に潮干狩に出た母が不慮の死を遂げた同じ場所であったことも、定められた運命であるかのようにかえって懐しくさえ思われました。

征きませば加那が形見の短剣で吾がいのち綱絶たんとぞおもふ
大君のまけのまにまに征き給ふ加那ゆるしませ死出の御供

空気が冷たく感じられ、随分長い時が過ぎたように思えました。

アダン木の生え並ぶあたりにまでひたひたと寄せていた潮はすっかり引いて、波打ちぎわは遠く先の方にさがっていますのに、気がつくと私の坐っている砂はぐっしょり濡れていました。夜露と潮水で衣服もしっとりと湿り気を帯び、体温を奪う快い冷たさが、からだにも頭の中にも満ちていました。昨夜からの現し身のおもいの果てに心はかえってはればれとなっていったのでしょうか。

海峡の東の方へ顔を向けると、トンキャン山の肩のあたりに暁の明星がひときわ明るく光っていました。その星の下のあたり、山の頂の空がかすかに瑠璃色を帯び、いつとはなしに山の稜線がはっきりしてきました。見ているあいだにも空の色はうす桃色に変わり、暁の光と交替するかのように星はひとつまたひとつと消えていきました。

入江は次第に明るさを増し、やがて薔薇色に輝く大きな太陽がトンキャン山のうしろから上ってきたかと思うと、海は一面金色の波になって照りわたりました。

夜が明けたのだ、今日一日あかるいうちは大丈夫だ、と安堵の思いがどっと溢れ、身体じゅうの血が活発に動きはじめて、冷えきった身体にあたたかいものが流れてきました。

わが想ふ人も恋らめ山の上の明けなむとする薔薇光のそら

敵の制空下での昼間の特攻出撃は考えられませんので、ひとまず私は帰途につこうと思いました。

昨夜匍匐して進んだウシロティファ崎が近づくにつれ、なんとも言えない重い気持に閉ざされてきました。あそこをどのように通り抜けたらいいのかと思うと、足の運びもためらいがちになりましたが、誰何を受けたら真実を話そう、心を尽して話せば解って貰えるにちがいないと、気持を定めて鼻を廻ると、こちらを向いて艇の上に立っている数人の兵士の姿がぱっと目に飛び込んできました。そのとたん、一人がす早く私に背を向けて何か叫びつつ海の方を向きました。すると他の兵士たちも一斉に同じように海へ向って、気をつけの姿勢で立ったではありませんか。

私はこみあげる感激で胸があつくなり、涙がこぼれましたが、その後姿にお辞儀をすると、急いでそこを通り過ぎました。しかしその思い遣りがとても有難く、岬を廻った蔭で見えない彼らに深いお辞儀を捧げて、しばらくはそこに立ちつくしていました。

夜の荒磯の長々と行き悩んだ道中は、暗い闇に覆われて何もかも神秘的に感じられましたが、明るい太陽の光のもとでは、岩は素っ気なくただごつごつと続き、浜もなんの変哲もなく単調な波が寄せてはかえしているばかりでした。

帰って行く集落はもう死の村になってしまったのだと思うと悲しく、たった一人生き残った私は激しい戦いのさなかをこの先どうして生きながらえていったらいいのかと、泣きたくなるほどに寂しくなっていきました。ああ、しかし私も明日のいのちは計られないのでした。今日一日束の間の生きながらえかもしれない。隊長さまの出撃は今夜こそ発動されるでしょう。そうすればもう何もかも終ってしまうのです。それまでの我がいのちと思いやっと気持が楽になりました。

やがて朝靄の中に屋根を並べた集落の家々の見えるところにきました。しかし別に変わった気配が感じられません。集落にはいつもと変りない朝の太陽が降りかかり、また暑い夏の日がはじまろうとしていました。

私は早合点をしていたのかも知れません。島尾部隊が特攻出撃を決行しなければ、集落の人々も集団自決をすることもないでしょう。昨夜おそらく予定の場所へ集合はしたものの、待機のままで夜が明けたにちがいありません。そうだとすれば、おっつけオサイ峠の方から、みんなほっとした顔付きで降りてくるはずです。そうであって欲しい、どうかそうであって、父も生きていますようにと切なく思いながら、しかしおどろおどろした不安も消すことができずに私は家の方へ歩いて行きました。

# あとがき

　私の母は幼い私の背中を撫でながら、夜毎に昔ばなしを語って聞かせてくれました。奄美方言の歌うようなその語り口は私を快い眠りに導いてくれました。ですから私は母の昔ばなしを子守歌にして育ったようなものです。

　さて母親となった私も又同じように二人の我が子を寝かせながら、自分の幼時の頃の島の暮らしのありさまを話して聞かせたり、奄美の民謡を歌って教えたりしたのでした。しかし私が母の昔ばなしの多くを忘却の淵の中に沈めてしまったように、私の子供たちも年を重ねるに従って忘れてしまうのが如何にも淋しくて、二人の思い出のためにいくらかでも書き残して置きたいと思っていたところへ「カンナ」からの誘いがきっかけとなって、このようなものを書き綴っておりました。

創樹社の竹内達さまと玉井五一さまから私の本を出して下さるというお話しがあった時、早速私はこれらの書き綴りをまとめましたが、枚数が少なすぎるということでしたので、以前夫の「幼年記」の付録のために書きました「特攻隊長のころ」と、「島尾敏雄非小説集成」第六巻の付録のための「篋底の手紙」とそれに新しく「その夜」を書いて加えることにしました。

私はかねがね父と母への思いを何かのかたちであらわせたらと考え続けていましたので、このようなかたちの本を作っていただいて、父と母への思慕の記念、それに二人の子供たちへの贈り物とすることの出来ましたことを、とてもとてもうれしく思っています。

島尾ミホ

# 聖と俗――焼くや藻塩の

吉本隆明

島尾敏雄夫人ミホの『海辺の生と死』を読んで、南島の遺風について、さまざまな感興を喚びさまされた。ここで、わざわざ島尾敏雄夫人と云ったのは、島尾敏雄の存在をかんがえなければ、この本が独立性をもちえないという意味ではない。むしろ、その反対で、内心驚嘆した。ただこの本の表現がひとりでに収斂するところが島尾敏雄という存在だという意味で、どうしても島尾敏雄夫人とせざるをえないものを感じたのである。なまなかな修練ではとても書けず、昼は人つくり夜は神つくりとでもいうより致し方のないものがここには生きている。この本を縫いつづっている縦糸を、ひと言でいってしまえば、遊行して南の小さな島に訪れて去ってゆく〈聖〉であり同時に〈俗〉である人々、〈貴種〉であり同時に〈卑種〉である人々の姿を、迎えるものの内部から描破しているところに在るといってよい。いいかえれば〈貴種〉であり同時に〈卑種〉であるものの流離譚を、鳥瞰的にでもなく、流離するものの側からでもなく、受けいれるものの側から描きつくしているところに、おおきな関心をそそられ、その意味では、著者が意企しないにもかかわらず、得難い意義をもっていると思えた。島尾ミホは、島に流離してくる人々を「沖縄芝居をする役者衆、支那手妻をしてみせる人たち、親子連れの踊り子、講釈師、浪花節語りなどの旅芸人や、立琴を巧みに弾いて歌い歩く樟脳売りの伊達男、それぞれ身体のどこかに障害を持った『征露丸』売りの日露戦争廃兵の一団、それに帝政時代には貴族将校だったという白系ロシア人のラシャ売り、辮髪を残した『支那人』の小間物売り、紺風呂敷の包みを背中に負った越中富山の薬売りなどでした。」と記している。いずれも芸や物を売りに訪れる〈貴種〉または〈卑種〉であるといえる。そして、もとをたどれば、これら遊行する人々は、〈聖〉であり同時に〈俗〉であるというところにゆきついてゆく。かれら遊行の芸または物を商う人々の流浪は、神人や部としての資格を失ったときからはじまったとおもえるからである。古くまで遡れば、すくなくとも〈神〉と〈人〉との仲介者として尊崇され、また、魔術のように物の形を造ってしまうものとして、尊崇されていた。

こういう系譜の起りは、よくしられているように、『万葉集』巻十六の「乞食者《ほがひびと》の詠《うた》二首」などによって、由来をたどることができる。この歌謡のひとつは、乞食者《ほがひびと》が、猟人になって、獲物である鹿のために「痛」みを述べる形のもので、もう一つは蟹になって「痛」みを述べる形のものである。一方は猟人と獲物である鹿との問答体によって、首長の食前を祝う歌であり、一方は、食べられる蟹の述懐という形をかりて、やはり首長の食前を祝う歌である。いずれの形も、滑稽感をともなった獲物たちの擬人化をつうじて、首長の喰い代を祝ってみせる応答の戯歌謡であるとみることができる。かれらは祝言《ほがひ》をもって村々を触れて巡行し、喜捨を乞う乞食者（ほがひびと）のうち、宮廷に召し上げられたものであった。

まあまあいとしいお立合いの皆々様　わたしが住居からやおら腰をあげて出かけてゆけば　韓の国へいって虎を生取り　八頭も持ちかえって　その皮を畳に縫いつけて　立派な敷物にして　四月と五月のあいだの頃に　薬猟《くすりかり》の勢子となって奉仕すること　かた山に　二本たっている　櫟の木のもとに　弓を八つ手ばさみ　鏑矢を　八つ手ばさみ　獲物の鹿がくるのを　待ちかまえていると　鹿がやってきて　嘆いていうのに　わたしはもう直ぐ　射られて死んでしまうでしょう　首

長のお役に立ちましょう　わたしの角は　笠の飾り　わたしの耳は墨つぼに　ふたつの眼は　磨かれた鏡　わたしの爪は　弓弭《ゆはず》に　わたしの毛は　筆のさき　わたしの皮は　箱のはり皮に　わたしの肉は　なますの添えもの　わたしの肝もなますの添えもの　わたしの胃の腑は　塩づけの具に　この老いぼれたわたしの身一つが　こんなにたくさん役に立つ　七重八重花咲くような晴れがましさ　七重八重花咲くような栄えの身と　讃めてはやして　讃めてたたえて下さい

（『万葉集』巻十六　三八八五）

この「乞食者《ほがひびと》」は、たぶん、宮廷に直属してこういう即興の祝い言を並べたてて座興に供する曲部であった。もっとさかのぼれば〈神〉と〈人〉を仲介する言葉を吐き出しうる呪言師だったろうし、さらにさかのぼれば呪言によって村落共同体を傾聴せしめる神人だったともかんがえられる。しかし、時代が下れば下るほど、直属の主家を放たれて諸国を放浪し、村々では〈聖〉なるもののように崇められ、その芸やきいたこともない他国の耳語りを喜ばれながら、また、物を乞うて去ってゆく放浪芸人や放浪工人になっていった、とかんがえることができる。私有財産の多寡が位取りをきめるという形が、人々のあいだに顕在化してくれば、放浪芸人や工人たちの心には〈俗〉である観念が萌し、それとともに村落の人々の心にも、かれらが自分たちよりも〈卑種〉な「乞食者《こつじきびと》」だという観念が萌してくる。神人として〈神〉の代理をするし、おのずから憑依状態で吐かれる呪言が、村落を支配した、とはとてもかんがえられないような時代がやってくる。たぶんこの状態は、わが国では平安期の初期には、はじまっているとかんがえられる。では、村落の人々は、これをどうやって迎え、どうやって送り出したのだろうか。

　島尾ミホは、まるで手にとるように、それを描きだしている。もちろん、これは五十年とは遡れない奄美諸島の加計呂麻島の少女の心に写ったものとしてだが、どんなに遡ってもそれほど変りはあるまいとおもえるほど、永続的な描写をふくんでいる。

　沖縄芝居が来るということが、旅籠屋の主人の口で一ヵ月も前から知らされると、島の人々はみんなその日を待っていました。もちろん私もその一人でしたが、芝居の役者衆はきっとあの夏の夜空の真南に輝く船型星のような形をしたマーラン船に乗ってくるにちがいないとひとりぎめに思い込んでおりました。

それは南国の太陽が群青の海に眩しく油照りしている真昼間なのに、不思議な妖気さえ漂わせ、幻の船のように見えました。だから私は昔話の人物のようにきらびやかな衣装を着けた沖縄芝居の役者衆は、きっとあのマーラン船に乗ってはるばるとやってくるにちがいないと思えたのでした。

「シバヤ《芝居》ヌ《が》チャードー《来たぞー》」

と言いながら大人が駆けていく足音の後に、おおぜいの子供たちの歓声と足音が入り乱れて続きましたので、私も思わず縁先から飛び降りてその後を追って海岸に来てみますと、大人も子供も着物の裾をたくしあげ、脛や膝のあたりを砂あぶくのまじった上げ潮に洗われながら、沖に向って右手を高く振り、左手では着物の裾を持って、夢中になって立ち騒いでいました。沖の方からは賑やかな沖縄太鼓と三味線の音に交って、沖縄民謡の調子のたかい女の歌声が海風にのって近づいてきました。ところがそれは幾日も私が幻に画いたマーラン船でではなく、小さな板つけ舟に乗ったわずか七、八人の役者たちが、ごく普通の格好のなんだか貧相な入来でしかありませんでした。（「旅の人たち――沖縄芝居の役者衆」）

一少女が遊行の「乞食者《ほがひびと》」をむかえるときの〈聖〉と〈俗〉とに揺れる心が、よく描かれている。たぶん、この「乞食者《ほがひびと》」の到来は、時代が遡るほど〈聖〉と〈俗〉とが合致するものとして思い描かれていた。〈聖〉は、待ち人にとって期待であり、畏怖であり、生れて見たこともない他界の象徴であり、じぶんたちの世界にない劇《ドラマ》を運んでくれるものであった。そして人々にとって、この期待や畏怖や他界の匂いは、容易に同化できるものであった。すくなくとも、「乞食者《ほがひびと》」が滞まっているかぎりは。つまり〈俗〉と〈聖〉とは地続きでなければならなかった。そうでなければ聖俗をわけること自体が無意味なはずである。無縁の疎隔されたものは、到来することもできなければ立去ることもできない。島尾ミホは、継母が娘の額に焼火箸を当てる芝居の場面で、じぶんの額に手をあててその痛みを感じ、泣きながら気の毒な娘（役）に、紙にくるんだ「はな」を投げる見物衆の姿を忘れずに描いている。もちろんそれは芝居でなくて、祝言であっても、古狂言のシテとワキであっても、浪花節のような歌語りであってもよいのだ。劇のクライマックスは、同時に〈聖〉と〈俗〉とが合致するクライマックスである。そして、遊行の「乞食者《ほがひびと》」と、それを待ちうける村落の人々の心とが合致するクライマックスでもある。

もし、この劇《ドラマ》の場面が、継母の娘いびりのような身につまされるものではなく、はじめから別種のものであったらどうなるのか。

難波江の小さな溜りに　巣をつくって　穴にかくれている　葦のあいだの蟹を首長がお呼びだとさ　どうしてわたしをお呼びか　いろいろ知っていることを歌わせようとて　歌人としてわたしをお呼びか　笛吹きとして　わたしをお呼びか琴弾きとして　わたしをお呼びか　ともかくもお呼びに応じようと　飛鳥へ参りつぎに出立って置勿《おきな》に着き　さてそれから桃花鳥野《つくの》にゆき　東の中の門から屋敷に入り　おおせのとおりした　馬だったら絆もかけよう　牛だったら鼻縄をつけよう　かた山の楡楡の枝をたくさん皮をはぎ　日に干して　わたしと一緒に入れて　柄碓《からうす》でつき　つぎに庭においた　擦《す》り碓《うす》でつき　難波江の塩水の　初手の辛い塩水の垂れるのをとってきて　陶工がつくった瓶を　今日行って明日もってきて　わたしの身中にぬりつけて　蟹の塩辛にして　もてはやし　美味いと云い給

うたよ

（『万葉集』巻十六　三八八六）

「蟹の為に痛を述べて作れる」という左注のこの歌謡は、首長の前で歌われたら食前をにぎやかにする祝言としてうけとられるかもしれぬ。しかし、遊行する「乞食者《ほがひびと》」によって、この蟹に変身した位相で詠われている歌語りが唱われたら、これを迎える村落の人々はどううけとるだろうか。たぶん〈戯《ざ》れ〉〈滑稽〉としてうけとるのではなかろうか。そうだとすれば〈戯れ〉や〈滑稽〉は〈聖〉と〈俗〉との中間ではなく、〈聖〉と〈俗〉から類別されたところで起ると解することができる。村人たちは蟹の喰べられる「痛」みを、継母の娘いびりのように「痛」みとして感ずることもできないし、さればとて蟹を喰べた体験がよそごとではないかぎり、このような歌語りを〈戯れ〉としてうけとるほかはないのではなかろうか。ここに、すべての〈戯れ〉や〈滑稽〉が位置している。このような「乞食者《ほがひびと》」の歌語りが切実であったとしたら、それを迎える村落の人々は、その切実感をなによりも〈戯れ〉として処理するほかないようにみえる。そこでは「乞食者《ほがひびと》」は〈聖〉でもなく〈俗〉でもなく、また、その中間でもなく〈聖〉と〈俗〉との外側に類別されたものとみなされる。ただ、この問題もまた単純ではない。そして、単純ではない場合のことを島尾ミホは、かくべつの情感をこめずに記している。かくべつの情感をこめずに、ということが、あたかも偶然ではないかのように。

それに旧暦の朔《ついたち》と十五日には必ず朝から夕方まで続く、癩病患者の物乞いの群れもありました。手先のなくなった腕に櫂を褸布でしっかりくくりつけ、丸木舟や板つけ舟を上手にあやつりながらやって来るのですが、集落を家ごとに巡り歩いてお金や味噌、黒砂糖、米など生活に必要な品々を、首の両側から吊した二つの三角袋に恵んで貰っては、また何処かへ漕ぎ帰って行きました。

癩病患者は人里離れた海岸や、あちらこちらに散在する離れ小島の磯にひとかたまりずつ寄り合って暮していると聞いていましたが、私は舟に乗ってよそ島へ行く時に、ときどき遠目に見ることがありました。そして一度だけ、海端のユナ木の下蔭に住んでいるらしいひと群れをすぐ間近に見たことがありました。長く続くきれいな砂浜の渚に生えたユナ木の枝には洗濯物が干してあり、浜辺では炊事の煙がゆっくり立ちのぼっていて、煮炊きをしているらしい女の人の横で、子供たちが賑やかな声をふりまきながら駆け廻って遊んでおりました。また若い女の人が赤ん坊を背負って白い砂浜で貝を掘っているらしい姿なども見えていて、それはよそ見にはまことにのどかな場景に見えました。

（「旅の人たち——沖縄芝居の役者衆」）

癩が天刑病などと呼びならわされて不治の病とおもわれていた時期のことであろう。〈癩〉という病自体を、祝言あるいは劇として、それをもった「乞食者《ほがひびと》」が、いつも月の一日と十五日を択んで遊行してくるとき、村落の人々がどう振舞うかがよく描かれている。〈癩〉を負った「乞食者《ほがひびと》」は単独であっては、劇は成立しない。群れに荷われたとき〈癩〉は語り、詠いかけ、芝居のクライマックスを村落の人々に観せつける。その劇のクライマックスは、村落の人々が、もしもじぶんが、あるいはじぶんの子供が、この病いであったらという思いに痛切になったところで成立するはずである。しかし、村人たちが〈癩〉を天刑（遺伝的宿命）のようにみなしているときには、〈癩〉は、「万葉」の「乞食者《ほがひびと》」の詠とおなじで〈鹿〉や〈蟹〉のように、じぶんから類別しているはずである。その意味では〈癩〉は〈聖〉でもなく〈俗〉でもない病いである。しかし、〈癩〉が伝染する病いであるという通念があるところでは、〈癩〉は〈聖〉なる病いであるとともに、〈俗〉なる病いである。畏怖、期待、疎隔化、礼拝など、あらゆる〈聖〉なるものに附随するものが、村落の人々によって〈癩〉にあたえられる。それとともに天刑（罪責のむくい）という通念が流布されているところでは、汚穢の観念がつきまとう〈俗〉なる病いであるといえる。この〈癩〉が、村落の人々にあたえる〈聖〉なるものと〈俗〉なるものとの関係は、たぶん、こうであった。〈癩〉を負った人々が、集団の象徴として村落を訪れるとき、人々はそれを〈聖〉なる病いとして尊崇してあつかった。そして、個々の〈癩〉を背負った人々にたいしては〈俗〉なる汚穢のように対したのである。ここであらわれたのは、たぶん個々ではもっとも〈俗〉なるものが共同的には〈聖〉なるものに転化するということであった。そして、さらに問題があるとすれば――〈聖〉なるもの〈俗〉なるものという概念は、どこに限界をもち、どこで否定されるか、ということであった。

ひとつには〈癩〉は天刑でもなければ治癒が不可能でもないということが、発見されたときこの病いは〈聖〉性と〈俗〉性をひとしく失わなければならなかった。さらに、〈癩〉は、わずかの期間の接触によって感応（感染）するものではないということが確定されたとき、やはり〈聖〉性と〈俗〉性とを失わなければならなかった、ということができよう。なぜならば、このような識知は〈癩〉を常人から類別すべき根拠をまったく失わせたにちがいないからである。そして〈癩〉という病い自体を祝言とし、劇《ドラマ》として訪れた「乞食者《ほがひびと》」は、村落の人々によって、たんなる（いいかえれば経済的な）乞食者《こつじきしゃ》に転化するほかはなかった。もはやそこに残されるのは、近代風の同情や慈善や可哀そうの概念だけである。あのひとは〈癩〉だ、と囁かれることは、あのひとは〈チフス〉だと囁かれることとおなじことになってしまった。そのとき〈聖〉も〈俗〉もおわりを告げるのである。ただ、もうまいな遺習としてのこされるほかはありえなくなった。

旅の浪曲師「オータさん」は、義士祭の日に学校で、赤穂義士伝を浪曲で語ってきかせ、みなのカッサイをうける。だが、この「乞食者《ほがひびと》」は、素顔にもどると「帰るうちはないんですよ、家族は私一人だけです」と、島の少女に語る天涯孤独なひとりの老人である。そもそも「乞食者《ほがひびと》」は、ただひとりで〈神〉に対面することができ、〈神〉の言葉を解して仲介することができ、神人として首長に祝言をたれることができた存在ではなかったのか。〈神〉が神殿をはなれて流浪するようになったとき、「乞《ほが》食者《ひびと》」もまた遊行するようになったのではないのか。〈神〉が地上にひきずりおろされたとき、かれらもまた〈卑種〉にひきずりおろされた。かれらが〈神〉の言葉を再現する場所は、地上ではフィクションの世界にしかなくなってしまった。すべての劇《ドラマ》や歌語りの世界には、神が登場するかわりに、主人公が登場することになった。そして主人公は限りなく〈卑種〉に堕ちてゆく。もしも、それを堕ちてゆくといううるならば、だ。

内閉された旧い村落に、「乞食者《ほがひびと》」の訪れることは稀であった。この稀であったことが、島尾ミホが記しているように、さまざまな期待と空想を肥大させた。「乞食者《ほがひびと》」はいつの間にか〈神〉になったり、貧相な男や女たちなのに、空想のなかでは赫やくたる美形になったりする。ペンキ塗りたての小舟の腹胴は、空想のなかでは「マーラン船」の美しい帆の色にかわっている。もちろん、逆をかんがえてもいいのだ。〈癩〉を負った人たちは骨まで壊え、異邦人は、なんとなく鬼面にかわって恐怖をはこんでくる、という空想だってありうる。この遊行する「乞食者《ほがひびと》」が、いく歳月もやってこなかったり、稀にしか訪れてこないとき、村落の人々は、〈時間〉のなかに自分たちで、「乞食者《ほがひびと》」を創りだすよりほかなかった。いいかえればじぶんたちの〈先祖〉や

〈死霊〉を幻の「乞食者《ほがひびと》」に仕立て、遠い〈時間〉の彼方からやってきて、村落の人々と交歓し、やがてまた遠い〈時間〉の彼方へ去ってゆく束の間を、「遊びの日」として仮構した。島尾ミホは、この「遊びの日」のことを、つぎのように描いている。

　ドンドンドン、ドンドンドンドン、強い太鼓の音にあわせた調子の高い女の人たちの掛け合い歌の歌声と、それに負けじと張り上げる男たちのかえしの声が競い合って集落の秋の夜空へひびきあがり、晴着を着た老人も子供も男も女も、広場いっぱいに円陣をつくり歌にあわせて手を振り身をくねらせ両の足で調子をとりつつ、「遊びの日」の踊りに湧きかえっていました。その人の輪に揉まれよろめきながら小さな私も見様見真似で手や足をうごかし一所懸命に踊りそして歌いました。

トゥモチヌヒ《トゥモチの日》　ウムケショーティ《お迎えしまして》
グショ《後生》ヌ《の》ウヤフジガナシトゥ《御先祖さまと》
ウドゥリ《踊り》クラブェ《競べ》
ウヤフジガナシヌンキャン《御先祖さま方に》
メヘラングトゥ《負けぬよう》

ワァキャヤ《われわれは》　ウレ《それ》　エイトウドゥロ《一所懸命踊ろう》　（「洗骨」）

〈先祖〉や〈死霊〉は、踊りの輪の内側に踊っている、と島尾ミホの文章は記している。

踊りの輪の内側に踊っているおおぜいの亡き人々の霊魂に向かって、なお生前の姿を見るかのように、現し身の人々は親しかったその名を呼びかわし、話しかけました。そして「それ、後生の人たちと踊り競べだ、負けるな、負けるな」と歌い、東の空に暁の明星が輝き出すまで踊り続けるのでした。もはや生も死も無く。
（「洗骨」）

空間的な「乞食者《ほがひびと》」は海を渡って（あるいは山から降りて）村落へ、時間的な「乞《ほが》食者《ひびと》」は、〈先祖〉の系を伝わって村落へ、というのは、旧くわが遺風であった。そして遡ればこの「乞食者《ほがひびと》」は〈聖〉としての〈神〉そのものであり、何処からともなく異形の仮面をつけて村落の道すじをわたりあるき、何事か予祝を残して、顔もあげられない村人たちの前から消えてどこかへ立去ってゆく赤マタ、黒マタのような存在でもあった。

島尾ミホ夫人にとって、島尾敏雄は、そのようにしてあらわれた〈神〉に似ていた。これは幸であったのか不幸であったのか、わたしには断じ難い。第二次大戦中、アメリカ軍の南方侵攻路にあたっていた奄美諸島、加計呂麻島に、震洋特攻隊長として島尾敏雄は赴任してきた。要塞司令官はカトリック教徒をあつめては敵国の邪宗を信ずる奴は銃殺だ、十字架にかけるなどと抜刀して威したり、迫害したりした。しかし、島尾隊長は、部下たちに丁重で、外出のときは気軽に老婆の荷を背負ってやったり、尾根筋で子供たちと歌いながら山道を下りてゆくといった案配で、部下たちも村人に粗暴な振舞いをするようなことはなかったので、村人たちは島尾隊長を、あたかも到来の守護神のように「ワーキャジュウ（我々の慈父）」と呼んだ。村人たちはどんなことがあっても島尾隊が守ってくれるという信仰に似た思いをもつようになった。墜落した敵機の操縦士の亡骸を、丁重に墓地に葬ったりしたので、村人たちは、「アンチュウクサ、ニンギントゥシ、ウマレカハンヌ、チュウダロヤー（あの人こそ、人間としての、立派な生れの極まりの、人でありましょう）」と称え言い、「あれみよ島尾隊長は人情深くて豪傑で……あなたのためならよろこんでみんなの命を捧げます」というロ誦歌をつくり口ずさんだ。

村人たちはみな島尾隊が特攻出撃したときひとところで自決するつもりであった。ゆかりのある島の一人の少女は、真新しい白の肌衣と襦袢に、母ゆずりの白羽二重の下着を重ね、形見の喪服を着けて短刀を呑み、浜づたいに〈腰なずみ〉ながら、島尾隊の基地ちかくまでいって、島尾隊長の出撃と同時に隊長に殉じて自決するつもりであった。

まことに

海が行けば　腰泥《こしなつ》む
大河原の　殖草《うゑぐさ》の
海がは　いさよふ
（『歌』歌謡36）

というべき情景は「その夜」という島尾ミホの文章に細密画のように描破されている。

これが、到来した守護神と村落の人々、わけてもゆかりある少女との〈聖〉なる劇《ドラマ》のクライマックスである。それを演じた島尾敏雄と島尾ミホ夫人の、戦後の〈俗〉なる日常性に、なにが必然的におこらざるをえなかったか、ここでは触れるべきことに属さない。この本の世界は、そこにはないからだ。

チドリャ《千鳥》　ハマチドリャ《浜千鳥》
ヌガ《何故》ウラヤ《お前は》ナキュル《泣き居る》
カナガ《君が》　ウモカゲヌ《面影の》
タチドゥ《立つ故に》　ナキュル《泣き居る》
カナガ《君が》　ウモカゲヤ《面影は》
タチマサリ《立ち増さり》　マサリ《増さり》
タチマサリ《立ち増さり》　マサリ《増さり》
シュヤヌケブシ《塩焼小屋の煙》

（島尾ミホ作）

（『海』昭和四十九年十一月号掲載）

# 解説

梯久美子

『海辺の生と死』は、昭和四十九年に創樹社から刊行され、翌年に第十五回田村俊子賞を受けた島尾ミホの最初の著作である。昭和六十二年に中公文庫に収められたが、その後、長く品切の時期が続いていた。およそ四半世紀ぶりに同じ中公文庫で再び文庫化されたことを、復刊を待ち望んでいた文学ファンとともに喜びたい。

太古のままの自然と、独特の習俗の中で繰り広げられる南島の暮らしを、読者の眼前に細密画を広げるように描き出したこの作品は、刊行当時から高く評価され、武田泰淳や吉本隆明といった同時代の文学者を魅了した。本書には、最初の文庫化の際に巻末に置かれた吉本隆明の「聖と俗——焼くや藻塩の」がそのまま収録されているが、これは文庫解説を依頼されて書かれたものではなく、単行本が刊行されてまもなく、作品に感銘を受けた吉本が文芸誌「海」に寄稿したものである。この文章で吉本は、ミホの描く世界に導かれるままに、南島のもつ古代性について自身の思考を自在に展開させており、単なる書評や解説の域を超えて本文と響きあう内容になっている。

島尾敏雄の文学を昭和二十年代から高く評価し、「現代評論」の同人仲間でもあった吉本は、島尾の夫人であるミホとも交流があった。吉本には南島を論じた一連の著作があるが、それらの中にはミホの存在に触発された部分があることを、私は生前の吉本にインタビューした際、本人から直接聞いている。

ミホは、私小説の極北と評される島尾敏雄の名作『死の棘』のヒロインとして知られる女性である。烈しい妬心による惑乱のさまを夫によって克明に描写され、〝狂える妻〟として文学史に残ることになった彼女が、実は端倪すべからざる文学的才能の持ち主であり、独自の世界を作り上げた作家であったことを、本書で知って驚く人も多いのではないだろうか。

短い文章の中に、生と死が撚り合わさった時間をありありと現出させてみせた「浜辺の死」や「洗骨」の美しさはどうだろう。少女の視点を借りてつむがれる世界には一切のタブーがもうけられず、人と人ならぬ者、生者と死者が、境界を超えてのびやかに交歓する。

本書の舞台となっている加計呂麻島《かけろまじま》は、奄美大島（鹿児島県）の南に位置する、面積七十七平方キロメートルほどの小さな島である。山がそのまま海に落ち込んだような緑濃い大小の岬と、それらの岬にはさまれた湾や入り江が、曲折に富む明媚な景観を作り出しているが、平地の幅はせまく、どの集落も海岸にしがみつくように細長く延びている。

ミホが育ったのは島の北岸、大島海峡をへだてて奄美大島をのぞむ押角《おしかく》という集落である。吉本隆明が言うところの「南島の遺風」が長く保たれてきたこの島では、土地の古称も失われておらず、押角は土地の発音では「ウシキャク」となる。島尾敏雄が特攻隊長として駐屯してくることになる呑之浦《のみのうら》は「ヌンミュラ」である。

本書の第I章の最初に置かれた「真珠――父のために」で描かれるミホの父は、名を大平文一郎といい、明治初年に押角で生まれた。大平家は琉球士族を祖先にもつ奄美の支配階級（「ユカリッチュ」と呼ばれた）に属する古い家系で、その最後の当主となった文一郎は、高い人格と穏やかな人柄で人々の尊崇を集めた人物である。新島襄が京都に設立した同志社英学校（同志社大学の前身）に学び、漢文で日記をつけ漢詩を唐音でそらんじる教養人だった。「真珠」には、青年時代の文一郎がさまざまな事業を試みたことが書かれている。一見すると目新しい事業に脈絡なく手を出しているようだが、実はそれらは、奄美の風土に合った新しい産業を何とか生み出そうとする試行錯誤だった。収益の大きいサトウキビを単一作物として栽培させ、その利益を徹底的に収奪してきた薩摩藩以来の鹿児島県による支配から島を解き放って近代化することを夢見たのである。

ミホが生まれたのは大正八年のことで、本書の第Ⅰ、Ⅱ章で描かれているミホの幼年期と少女期は、大正末期から昭和初期に当たる。第Ⅲ章では、帝国海軍の特攻艇「震洋」の部隊を率いて島尾敏雄が島にやって来るが、これは昭和十九年十一月のことである。このときミホは、東京の高等女学校を卒業して島に戻り、押角国民学校の代用教員をしていた。

文一郎と交流をもった島尾は、何と立派な老人かと感歎したという。昭和五十二年のエッセイ「私の中の日本人——大平文一郎」で、「口のまわりから顎のあたりにかけての白いひげ、鼻梁の高い品のよい顔立ちといい、何よりも目が大きく深く、やさしさにあふれていた。最初の印象で狷介な漢学者か識見の高い読書人だと思った私は、こんな離島のそのまた離れの草深い田舎に住む老人とはどうしても思えなかった」とその姿を描写している。さらにミホに対するふるまいを見て「自分の娘をこんなにやさしく呼ぶ父親の声をきいたことがない」「愛情をあんなにかくさずに表わせることを私は知らなかった」と、新鮮な衝撃を受けたことを記している。

第Ⅰ章には、寛容で温かく、どんな人にも惜しみなく献身した母（吉鶴《きちづる》という名だった）の思い出も綴られている。こうした父母の愛情を一身に受けてミホは育った。両親への限りない思慕は本書のひとつの軸をなしている。私は晩年のミホに何度か長いインタビューを行ったが、話が幼少期のことになると目に見えて表情が和らぎ、やさしかった両親の思い出を語り続けて倦むことがなかった。

第Ⅱ章で描かれた、島を訪れる「まれびと」とのかかわりについては、吉本隆明がくわしく論じているのでここでは述べないが、かれらを迎え、また見送る少女ミホの背後では、両親がゆったりと娘を支えていた。その存在があったからこそミホは、やって来ては去ってゆく旅人たちに子供らしい好奇心を寄せ、別れを惜しみ、かれらの姿を深く記憶にとどめることができたのである。

吉鶴は終戦の前年に、文一郎は昭和二十五年に亡くなったが、ミホは生涯かれらを懐かしみ、また心の支えとした。『死の棘』には、狂気の淵にあるミホが、すでにこの世にない母に、「アンマー」と呼びかけ、声をしぼって泣きながら助けを求める姿が描かれている。

この二人がミホの本当の父母ではないと言ったら読者は驚くだろうか。実はミホは、子供のない大平夫妻に迎えられた養女だった。実母はミホを生んで間もなく病死し、実父の姉の嫁ぎ先であった大平家に貰われたのである。本書で母として描かれた吉鶴は伯母に当たり、父として描かれた文一郎とは血のつながりはない。生前のミホが公にしなかった事実だが、このことを知って本書を読めば、大平夫妻とミホとの深い絆に、あらためて心を打たれるはずだ。

第Ⅲ章の「その夜」は、島尾に特攻出撃命令が下った昭和二十年八月十三日の夜の出来事を描いている。このとき出撃を知らせに来た兵曹にミホが託した「北門の側まで来ております」で始まる手紙の実物がミホの遺品の中にあり、遺族の許可を得て手に取って読む機会を得た。文字遣いは一部異なるが、文面はこの通りで、最後に「八月十三日真夜　ミホ　敏雄様」とある。鉛筆の走り書きである。二行目の「ついては征けないでしょうか」という一文は、上から線が一本引かれて消されており、当時のミホの揺れる心情が伝わってくる。

今生の別れとなるはずだったこの夜の浜辺での逢瀬のことは、島尾自身も「島の果て」「出孤島記」「出発は遂に訪れず」などの小説の中で描写している。同じ出来事、それもきわめてドラマチックな場面を、夫婦がそれぞれの目線から描いているわけで、こうした例はなかなかない。比べて読んでみると、微妙なずれも含めて互いの心情が際立ち、それぞれが見ていたものの差に気付かされるなど、興味は尽きない。

「その夜」は、出撃のないまま夜が明け、ミホが家に帰っていく場面で終わるが、その後の二人の物語を簡単に記せば以下のようになる。

最終的な発進命令は翌十四日も出ることなく、島尾の部隊は即時待機状態のまま八月十五日の終戦を迎えた。復員して島を去る前日の八月三十日夜、島尾は大平家を訪ね、ミホとの結婚の許しを乞う。文一郎は前年に妻を亡くしており、ミホが本土に嫁げば島に一人残されることになる。しかも八十歳近い高齢である。しかし彼はこころよく結婚を認めた。自分のためにミホが結婚を思いとどまるのは不本意であり、島に心を残すようなら、切腹してでも送り出したいと言ったという。島尾はそこに「娘を信じるすさまじいやさしさのようなもの」を見たと、前出の「私の中の日本人——大平文一郎」で述べている。

昭和二十年十一月、ミホは父を残して一人闇船に乗り、命がけの航海のすえに島尾のもとにたどり着いた。両親との幸福な一体感の中で暮らした時代は終わり、戦後の現実の中で、小説家という奇妙な生業の男の妻として生きる日々が始まったのである。しかし本書は、ミホが「妻」となる以前に完結し、舞台も加計呂麻島の外に出ることはない。本書の最後に置かれた「その夜」のラストシーンは八月十四日の朝であり、戦争が終わって「隊長さま」でなくなってしまった島尾の姿を、ミホは描いていない。

しかし実は、本書が終わったところから始まる物語を、ミホは書こうとしていた。戦後の結婚生活と、島尾が『死の棘』に描いた狂乱の日々を、妻の側から描いた小説の草稿が没後に発見されたのだ。草稿に記された日付からは、彼女が晩年まで〝妻から見た死の棘〟を書く意思を持ち続けていたことがわかる。

しかしそれが成就することはなかった。乞われて雑誌等に寄せたエッセイを除いては、「隊長さま」でなくなった島尾を描いた作品を発表することはなく、ミホは平成十九年三月、満八十七歳の生涯を閉じた。夫の没後二十一年目のことだった。

（かけはしくみこ・ノンフィクション作家）

『海辺の生と死』は一九七四年七月に創樹社から単行本が、八七年に著者の意向にそって編集しなおした中公文庫版が刊行されました。本書は文庫版にあらたに解説を加えました。

本書は、刊行当時の人権意識のもと独特の手法と視点で描いたものです。作中には現在の人権意識に照らし不適切な表現がありますが、作品世界の文学的価値を尊重し、また著者が他界していることを考慮し、原文のまま収録しました。

（編集部）

中公文庫


海辺《うみべ》の生《せい》と死《し》

1987年3月10日　初版発行
2013年7月25日　改版発行
2017年4月20日　改版3刷発行

著　者　島尾《しまお》ミホ

発行者　大橋善光

発行所　中央公論新社
〒100-8152　東京都千代田区大手町1-7-1
電話　販売　03-5299-1730　編集　03-5299-1890
URL http://www.chuko.co.jp/

印　刷　三晃印刷
製　本　小泉製本




Published by CHUOKORON-SHINSHA, INC.
Printed in Japan　ISBN978-4-12-205816-3 C1193

各書目の下段の数字はISBNコードです。978-4-12が省略してあります。

# 中公文庫既刊より

い-116-1
食べごしらえ おままごと
石牟礼道子
父がつくったぶえんずし、獅子舞にさしだした鯛の身。土地に根ざした食と四季について、記憶を自在に行き来しながら多彩なことばでつづる。〈解説〉池澤夏樹
205699-2

う-3-7
生きて行く私
宇野千代
〝私は自分でも意識せずに、自分の生きたいと思うように生きて来た〟ひたむきに恋をし、ひたすらに前を見つめて歩んだ歳月を率直に綴った鮮烈な自伝。
201867-9

お-2-2
レイテ戦記（上）
大岡昇平
太平洋戦争の天王山・レイテ島での死闘を再現し戦争と人間を鋭く追求した戦記文学の金字塔。本巻では「一第十六師団」から「十三 リモン峠」までを収録。
200132-9

お-2-3
レイテ戦記（中）
大岡昇平
レイテ島での日米両軍の死闘を、厖大な資料を駆使し精細に活写した戦記文学の金字塔。本巻では「十四 軍旗」より「二十五 第六十八旅団」までを収録。
200141-1

お-2-4
レイテ戦記（下）
大岡昇平
レイテ島での死闘を巨視的に活写し、戦争と人間の問題を鎮魂の祈りをこめて描いた戦記文学の金字塔。地名・人名・部隊名索引付。〈解説〉菅野昭正
200152-7

お-2-11
ミンドロ島ふたたび
大岡昇平
自らの生と死との彷徨の跡。亡き戦友への追慕と鎮魂の情をこめて、詩情ゆたかに戦場の島を描く。『俘虜記』の舞台、ミンドロ、レイテへの旅。〈解説〉湯川 豊
206272-6

た-13-1
富士
武田泰淳
悠揚たる富士に見おろされた精神病院を題材に、人間の狂気と正常の謎にいどみ、深い人間哲学をくりひろげる武田文学の最高傑作。〈解説〉斎藤茂太
200021-6

た-13-3
## 目まいのする散歩
武田泰淳

近隣への散歩、ソビエトへの散歩が、いつしか時空を超えて読む者の胸中深く入りこみ、生の本質と意味を明かす野間文芸賞受賞作。〈解説〉後藤明生

200534-1

た-13-5
## 十三《シイサン》妹《メイ》
武田泰淳

強くて美貌でしっかり者。女賊として名を轟かせた十三妹は、良家の奥方に落ち着いたはずだったが……中国古典に取材した痛快新聞小説。〈解説〉田中芳樹

204020-5

た-13-6
## ニセ札つかいの手記 武田泰淳異色短篇集
武田泰淳

表題作のほか「白昼の通り魔」「空間の犯罪」など、独特のユーモアと視覚に支えられた七作を収録。戦後文学の旗手、再発見につながる短篇集。

205683-1

た-13-7
## 淫女と豪傑 武田泰淳中国小説集
武田泰淳

中国古典への耽溺、大陸風景への深い愛着から生まれた、血と官能に満ちた淫女・豪傑の物語。評論一篇を含む九作を収録。〈解説〉高崎俊夫

205744-9

た-15-4
## 犬が星見た ロシア旅行
武田百合子

生涯最後の旅を予感した夫武田泰淳とその友竹内好に同行し、旅中の出来事や風物を生き生きと捉え克明に描く。読売文学賞受賞作。〈解説〉色川武大

200894-6

た-15-5
## 日日雑記
武田百合子

天性の無垢な芸術者が、身辺の出来事や日日の想いを、時には繊細な感性で、時には大胆な発想で、心の赴くままに綴ったエッセイ集。〈解説〉巖谷國士

202796-1

た-15-6
## 富士日記（上）
武田百合子

夫泰淳と過ごした富士山麓での十三年間の日々を、澄明な目と天性の無垢な心で克明にとらえ天衣無縫な文体でうつし出した日記文学の傑作。田村俊子賞受賞作。

202841-8

た-15-7
## 富士日記（中）
武田百合子

天性の芸術者である著者が、一瞬一瞬の生を特異な感性でとらえ、また昭和期を代表する質実な生活をあますところなく克明に記録した日記文学の傑作。

202854-8

各書目の下段の数字はISBNコードです。978－4－12が省略してあります。

た-15-8
富士日記（下）
武田百合子
夫武田泰淳の取材旅行に同行したり口述筆記をする傍ら、特異の発想と表現の絶妙なハーモニーで暮らしの中の生を鮮明に浮き彫りにする。〈解説〉水上　勉
202873-9

た-28-15
ひよこのひとりごと　残るたのしみ
田辺　聖子
他人はエライが自分もエライ。人生はその日その日の出来心――七十を迎えた「人生の達人」おせいさんが、年を重ねる愉しさ、味わい深さを綴るエッセイ集。
205174-4

た-34-5
檀流クッキング
檀　一雄
この地上で、私は買い出しほど好きな仕事はない――という著者は、人も知る文壇随一の名コック。世界中の材料を豪快に生かした傑作92種を紹介する。
204094-6

た-34-4
漂蕩の自由
檀　一雄
韓国から台湾へ。リスボンからパリへ。マラケシュで迷路をさまよい、ニューヨークの木賃宿で安酒を流し込む。「老ヒッピー」こと檀一雄による檀流放浪記。
204249-0

た-34-6
美味放浪記
檀　一雄
著者は美味を求めて放浪し、その土地の人々の知恵と努力を食べる。私達の食生活がいかにひ弱でマンネリ化しているかを痛感せずにはおかぬ剛毅な書。
204356-5

た-34-7
わが百味真髄
檀　一雄
四季三六五日、美味を求めて旅し、実践的料理学に生きた著者が、東西の味くらべはもちろん、その作法と奥義も公開する味覚百態。〈解説〉檀　太郎
204644-3

つ-3-1
背教者ユリアヌス（上）
辻　邦生
ローマ皇帝の家門に生れながら、血を血で洗う争いに幽閉の日々を送る若き日のユリアヌス……。毎日芸術賞に輝く記念碑的大作。
200164-0

つ-3-2
背教者ユリアヌス（中）
辻　邦生
汚れなき青年の魂にひたむきな愛の手を差しのべる皇后エウセビア。真摯な学徒の生活も束の間、副帝に擁立されたユリアヌスは反乱のガリアの地に赴く。
200175-6

つ-3-3
**背教者ユリアヌス（下）**
辻　邦生
ペルシア兵の槍にたおれたユリアヌスは、皇帝旗に包まれメソポタミアの砂漠へと消えていく。悲劇の皇帝の数奇な生涯を雄大な構想で描破。〈解説〉篠田一士
200183-1

つ-3-8
**嵯峨野明月記**
辻　邦生
変転きわまりない戦国の世の対極として、永遠の美を求め〈嵯峨本〉作成にかけた光悦・宗達・素庵の献身と情熱と執念。壮大な歴史長篇。〈解説〉菅野昭正
201737-5

つ-3-16
**美しい夏の行方**　イタリア、シチリアの旅
辻　邦生
堀本洋一　写真
光と陶酔があふれる広場、通り、カフェ……ローマからアッシジ、シエナそしてシチリアへ、美と祝祭の国の町々を巡る甘美なる旅の思い出。カラー写真27点。
203458-7

つ-3-20
**春の戴冠1**
辻　邦生
メディチ家の恩顧のもと、花の盛りを迎えたフィオレンツァの春を生きたボッティチェルリの生涯――壮大にして流麗な歴史絵巻、待望の文庫化！
205016-7

つ-3-21
**春の戴冠2**
辻　邦生
悲劇的ゆえに美しいメディチ家のジュリアーノと美しきシモネッタの禁じられた恋。ボッティチェルリは彼らを題材に神話のシーンを描くのだった――。
204994-9

つ-3-22
**春の戴冠3**
辻　邦生
メディチ家の経済的破綻が始まり、フィオレンツァの春は、爛熟の様相を呈してきた――永遠の美を求めるボッティチェルリと彼を見つめる「私」は。
205043-3

つ-3-23
**春の戴冠4**
辻　邦生
美しいシモネッタの死に続く復活祭襲撃事件……。ボッティチェルリの生涯とルネサンスの春を描いた長篇歴史ロマン堂々完結。〈解説〉小佐野重利
205063-1

つ-3-24
**生きて愛するために**
辻　邦生
愛や、恋や、そして友情――生きることの素晴らしさ、人の心のよりどころを求めつづけた著者が、半年の病のあと初めてつづった、心をうつ名エッセイ。〈解説〉中条省平
205255-0

各書目の下段の数字はISBNコードです。978－4－12が省略してあります。

え-10-7
鉄の首枷　小西行長伝
遠藤周作
苛酷な権力者太閤秀吉の下、世俗的野望と信仰に引き裂かれ、無謀な朝鮮への侵略戦争で密かな和平工作を重ねたキリシタン武将の生涯。〈解説〉末國善己
206284-9

え-10-8
新装版　切支丹の里
遠藤周作
基督教禁止時代に棄教した宣教師や切支丹の心情に強く惹かれた著者が、その足跡を真摯に取材し考察した紀行作品集。〈文庫新装版刊行によせて〉三浦朱門
206307-5

ふ-2-4
言わなければよかったのに日記
深沢七郎
小説「楢山節考」でデビューした著者が、畏敬する作家正宗白鳥、武田泰淳などとの奇妙でおかしい交流を綴る、抱腹絶倒の日記他。〈解説〉尾辻克彦
201466-4

ふ-2-5
みちのくの人形たち
深沢七郎
お産が近づくと屏風を借りにくる村人たち、両腕のない仏さまと人形――奇習と宿業の中に生の暗闇を描いた表題作をはじめ七篇を収録。〈解説〉荒川洋治
205644-2

ふ-2-6
庶民烈伝
深沢七郎
周囲を気遣って本音は言わずにいる老婆（「おくま嘘歌」）、美しくも滑稽な四姉妹（「お燈明の姉妹」）ほか、烈しくも哀愁漂う庶民を描いた連作短篇集。〈解説〉蜂飼耳
205745-6

あ-69-3
桃仙人　小説 深沢七郎
嵐山光三郎
「深沢さんはアクマのようにすてきな人でした」。斬り捨てられる恐怖と背中合わせの、甘美でひりひりした関係を通して、稀有な作家の素顔を描く。
205747-0

ふ-2-7
楢山節考／東北の神武たち　深沢七郎初期短篇集
深沢七郎
「楢山節考」をはじめとする初期短篇のほか、伊藤整・武田泰淳・三島由紀夫による選評などを収録。文壇に衝撃をもって迎えられた当時の様子を再現する。〈解説〉小山田浩子
206010-4

ほ-16-1
回送電車
堀江敏幸
評論とエッセイ、小説。その「はざま」にある何かを求め、文学の諸領域を軽やかに横断する――著者の本領が発揮された、軽やかでゆるやかな散文集。
204989-5

ほ-16-2
一階でも二階でもない夜 回送電車Ⅱ
堀江敏幸
須賀敦子ら7人のポルトレ、10年ぶりのフランス長期滞在で感じたこと、なにげない日常のなかに見出した秘蹟の数々……54篇の散文に独自の世界が立ち上がる。〈解説〉竹西寛子
205243-7

ほ-16-5
アイロンと朝の詩人 回送電車Ⅲ
堀江敏幸
一本のスラックスが、やわらかい平均台になって彼女を呼んでいた——。ぐいぐいと、そしてゆっくりと、読み手を誘う四十九篇。好評「回送電車」シリーズ第三弾。
205708-1

よ-39-1
それからはスープのことばかり考えて暮らした
吉田篤弘
路面電車が走る町に越して来た青年が出会う、愛すべき人々。いくつもの人生がとけあった「名前のないスープ」をめぐる、ささやかであたたかい物語。
205198-0

よ-39-2
水晶萬年筆
吉田篤弘
アルファベットのSと〈水読み〉に導かれ、物語を探す物書き。繁茂する道草に迷い込んだ師匠と助手——人々がすれ違う十字路で物語がはじまる。きらめく六篇の物語。
205339-7

よ-39-3
小さな男＊静かな声
吉田篤弘
百貨店に勤めながら百科事典の執筆に勤しむ〈小さな男〉。ラジオのパーソナリティの〈静香〉。ささやかな日々のいとおしさが伝わる物語。〈解説〉重松　清
205564-3

よ-39-4
針がとぶ Goodbye Porkpie Hat
吉田篤弘
伯母が遺したLPの小さなキズ。針がとぶ一瞬の空白に、どこかで出会ったなつかしい人の記憶が降りてくる。響き合う七つのストーリー。〈解説〉小川洋子
205871-2

よ-39-5
モナ・リザの背中
吉田篤弘
美術館に出かけた曇天先生。ダ・ヴィンチの『受胎告知』の前に立つや、画面右隅の暗がりへ引き込まれ……。さあ、絵の中をさすらう摩訶不思議な冒険へ！
206350-1

ま-35-2
告白
町田康
河内音頭にうたわれた大量殺人事件「河内十人斬り」をモチーフに、永遠のテーマに迫る、著者渾身の長編小説。谷崎潤一郎賞受賞作。〈解説〉石牟礼道子
204969-7

各書目の下段の数字はISBNコードです。978－4－12が省略してあります。

ま-35-5
**東京飄然《ひょうぜん》** 町田 康
風に誘われ花に誘われ、一壺ならぬカメラを携え、ぶらりと歩き出した作家の目にうつる幻想的な東京。著者によるカラー写真多数収載。〈解説〉鬼海弘雄
205224-6

よ-36-1
**真夜中の太陽** 米原 万里
リストラ、医療ミス、警察の不祥事……日本の行詰った状況を、ウイット溢れる語り口で浮き彫りにし今後のあり方を問いかける時事エッセイ集。〈解説〉佐高 信
204407-4

よ-36-2
**真昼の星空** 米原 万里
外国人に吉永小百合はブスに見える？ 日本人没個性説に異議あり！「現実」のもう一つの姿を見据えた激辛エッセイ、またもや爆裂。〈解説〉小森陽一ほか
204470-8

よ-36-3
**他諺《たげん》の空似《そらに》 ことわざ人類学** 米原 万里
古今東西、諺の裏に真理あり。世界中の諺を駆使しながら、持ち前の毒舌で現代社会・政治情勢を斬る。知的風刺の効いた名エッセイストの遺作。〈解説〉酒井啓子
206257-3

ふ-18-1
**旅路** 藤原 てい
戦後の超ベストセラー『流れる星は生きている』の著者が、三十年の後に、激しい試練に立ち向かって生きた人生を辿る感動の半生記。〈解説〉角田房子
201337-7

ふ-18-5
**流れる星は生きている** 藤原 てい
昭和二十年八月、ソ連参戦の夜、夫と引き裂かれた妻と愛児三人の壮絶なる脱出行が始まった。敗戦下の苦難に耐えて生き抜いた一人の女性の厳粛な記録。
204063-2

よ-47-1
**洟《はな》をたらした神** 吉野 せい
詩人である夫とともに開墾者として生きた女性の年代記。残酷なまでに厳しい自然、弱くも逞しくもある人々、夫との愛憎などを、質実かつ研ぎ澄まされた言葉でつづる。
205727-2

さ-61-1
**わたしの献立日記** 沢村 貞子
女優業がどんなに忙しいときも台所に立ちつづけた著者が、日々の食卓の参考にとつけはじめた献立日記。工夫と知恵、こだわりにあふれた料理用虎の巻。〈解説〉平松洋子
205690-9